最匠展子詩集

Saisho Nobuko

Shichosha
現代詩文庫
187

Gendaishi Bunko

思潮社

現代詩文庫　187　最匠展子　目次

詩集〈そこから先へ〉から

詩集〈微笑する月〉から

詩集〈絶章〉から

未刊詩篇

エッセイ・評論

詩篇

詩集〈在処《ありか》〉から

行けない

走ろうとして縺《もつ》れる　足が
息づこうとして喘ぐ　肌が
唇からはことば　渇仰《かつぎょう》が奔りおちた
あるのだたしかに
あそこまでゆけた　と　したら

麦はひろびろと熟れきって穂はたわみ
空は果てもなくしめつけ蒼く疼き
あの　むせかえる匂い
が攪拌《かくはん》し　しだいに融けあってゆく抱擁
きっと　炎あげて燃えてもいた
原初の地平に
応《こた》えあい触れあう一ついの蛙の
胸ふるわせていた

あの　夏の深さ

壁　窓は開かない
澱んだ時間にひろがってゆく疵《きず》　動かない白いベッド
いくら抱いていても体温だけではほぐれない
こころの　結石
疾《と》うに来すぎてしまった
遙かにはぐれてしまった
しだいに膨れてゆく痛み
だしぬけに　煮えたぎり
吹きあげ　せりあがる
灼《や》けつく海と砂の　耀きの
波うってもいたのを

足で　捜《さが》し
手で意識を　砕いて
ゆけたらあそこまで
あるのだ！
飽和しきった地の沸点の

ひときわの　あざやかな日没
すべての動きが息を呑みこむ
芳醇な空間
あの　密度が
失神したわたしを抱きとめてくれる
あそこまで
ゆけたら

底では

太陽はいつもま上で
燃えて
太陽は　空《から》だった
まひる

呆気なく
虐殺は　おわった

白熱の照明のしたの
パントマイムの地上は燥《かわ》いて

影のないまひるは
まっさおな沙漠
なにも見えない
なにも承認されはしない

巨大都市に吼える　地鳴りが
そくそくと膚を搏《う》つだけ　だ
まひる
この没落の底では

きまって

ちちははたちの葬列が
手足を灼かれ
じっとりと脂汗を噴きながら
足音はなやかに通りすぎていくのだ

在処《ありか》

電気が消えている水槽
熱帯魚　探してもいない
あなた　この席にいない
逆立ちした椅子が竝ぶ

そこだけはまひるのショーウインドウ
帽子　ネクタイ　パイプ　がいない
あなたの存在　がいない
闇ばかりが恣意《しい》する

受話器が喋る言葉
わたし　どこにもいない
あなた　始めからいない
時間は食べものがなくて死んだ
排泄がない代謝がない密着がないおそろしく硬い手のひ
らが

どこかで
受胎という歴史　をまさぐっている

階段

かいだんは　昇ったら降りねばならない
そこから転げおちては潰《つい》えていった
にんげんの　おんな

血で敷きつめられた絨毯のらせん状の階段の　見上げれ
ば行く手はつつ抜けの空に溶けこみ　ひとつの人間像
空白のメモを手にしておなじ歩調でゆっくりと昇ってゆ
く　それは検察吏　事故死の調査にきたのだが期待される
死はどこにもなく　引き返すことを知らないただ一段一段
を　ゆっくりと昇ってゆく　紙片のひろい空白のすみず
みまでもたちこめる吐息を耳に　折れた脛砕けた腰残照
に露呈される残骸の眼に映らないあいだを縫って　らせん
状の階段を廻って　廻ってやがていち粒《りゅう》の点となり雲の

白さに抱きこまれるまで　死　と背中あわせの愉悦上昇
気流に舞い　煮えつまる血の異臭地底を這い　螺旋《らせん》に
は交るもの　がなく支えるもの　がなくおなじ平面　が
なくおどり場　がなく惨酷に　ながれる曲線の姿態

どうか眼をそらさないで——
かいだんは　昇ったら降りられない
そこから自分といっしょに蒸発していった
にんげんの　おとこ

行為

洞窟のふかい記憶を抱きこみ汽車は　そこを走る
誰の灯ひとつも点けず
あかぐろく沈む都会の層
向かいあうべき座席はすでに朽ちおち
時おり射しこむ光によってしか浮きあがらない其処《そこ》
ああ　笑顔を凭《もた》せるところ

追いすがるねがいに　はしる
ただのろのろ
垂れこめる闇の重さを裁《た》ちきり
裁ちきり　止らず
無人の列車は
いま　行われる

制服の運転者も
仕事の枷《かせ》も
男も女も　いない　のに
なんの意志で
なんの操作で
陣痛し

連結器から確実に
現在《いま》　をこぼし
これから　もずっと向かいつづけよう
おし黙って

逆吊りの蜃気楼のなかへ
無数の塵の未来を曳《ひ》きながら

窓まどは開かれていただろうか
風は響きは通過を証《あか》したろうか
警笛は擦れちがう一瞬の出会いに火花を散らしたろうか
そして　軌跡は
丈高い草たちのなかにも探せはしない

夏

見凝《つ》めたまま　炎暑の季節が
ひとつの茶碗を
熔《と》かしも動かしもせず過ぎていった

その器は　呑むためのものであったか
離れて　容れるためのものであったか
うしろから　見直すためのものであったか

汗は滾《たぎ》り
その硬さの縁《ふち》を伝いおち
底に　なみだの澱《おり》をたくわえ　凍《こご》えた

貝がら

貝がらは　毀《こわ》していこう
そこに営まれた生があるために

絶えた海には振り向くことはいらない
束のま　蒼く激しく浸《ひた》していったのだ

ここに累積された死があるために
散乱した殻を抱きあつめ　きょう砂丘は
ついに始まることのない方角へ　と旅立つ

晝寝

おかあさんの眠りは　毛糸の青
童女の眠りは　うすい花びら
猫の眠りは　うそつき
病人の眠りは　無蓋の貨車
わたしの眠りはそして　幾何模様

おかあさんは膝をつく荷物いっぱいのあきらめのうえ
童女は捜してあるいた宝石よりも赫いチューリップの腕輪
めす猫はじゃれてみせては孕《はら》んだ
老いた病人は片輪となって嬰児の貌にすり変る
わたしの強迫神経機制《メカニズム》はこのときまったく完成し
みんなの背景用デザインに組み込まれてしまう

そこから

贈られた手袋の
余った指先
の　困惑
摑もうとしても離そうとしても
まつわりつく　長すぎる
情感の丈《たけ》

泣きじゃくる　愛を
手術して
人間という　型《パターン》に
嵌《は》めこむ
メスを入れるたびに
殖えてゆくたしかな傷痕

捥《も》ぎとっても投げ捨てても
減らなかった　心
手袋にはちいさすぎた　掌《て》
帽子にはいびつすぎた　頭
そうしてたぶん
手をつなぐには　遅すぎた跛行《はこう》

わたしははじめてそこから　わたしだ

原罪

淋しいから説明をした
言葉でだけでも繋りたいと
哀しいから嘘を言った
真実だけでは寒かったのだ

耐えきれないと時間をつぶした
誰のためにか哭《な》いたりもした

それも　いまではすっかりずぶ濡れ

一まい一まい鱗のように
着物が微笑が挨拶が剥《は》がれおちる

と　そこに息をつく荒寥と透けた裸体が

ひとりの部屋の
馴染みの舞台で
全裸が全裸の翳《かげ》を負い
照明の裁きに耐えても
演ずるのは　なお
シルエットの生
絢爛《けんらん》の眠りにおちる
骨ばかりの裸身さえも　なお………

あなたに

そこまでゆくと
喋らなくなるのが　わたしの性《さが》

ここまでくると

動かなくなるのが　わたしの肉
立塞がる見えないほどおおきな懼《おそ》れ
わななき　辿ったとおくながい饒舌の旅

辻ごとに
置き捨てられてゆく　わたしの分身《かけら》

無　は突然に
ある日　必然に襲いわたしを攫《さら》う

いっぱいに張った宇宙の熟《う》れたつけ根から
ふうっとひとり　わたしは距《へだ》たる

緯度が地表を割り　せかいを裂く

距離　はわたしのめぐらせた砦だったという
あなたの擾《みだ》した罪ではなかったという

ただそのことだけを
いまさらに冒《おか》しがたい　あなた　に

くちづけ

巨大な怪物のくろぐろと睡る
とおい異国の夜気ほどにもつれない
ビルの凹みの
壁　で

どこかを水が走っている
やしろの高い石垣の
重みに縋って
ふるえる歯音を
たてて

もっと　昔
ただ欲しくて

曲り角で
それを吸った
瞼に閉ざされて炎えた　はじめて
愛したから
皮膚にいたみの烙印を灼きつけ

もう
突端を
廻ってしまったいま
夥しい　おののき
くちづけの熱さは
わたしの綴じ目から脱《ぬ》けおち
犇《ひし》めく記憶をまたいで
ひそひそと
他界する

ただ　ぽっかりと
茫々の時間の端に
立ちつくす
痩せほそった
脣《くち》　は
わたしだ！

なんにも

なんにも言えなかったのは
あんまり溢れていたのだ　という
なんにも言わなかったのは
そんなに大切にしたのだ　という
だから　なんにも侵《おか》さずに
みんな別れていってしまったのだ　と

冬に

町かどを曲るとき
木枯しが
瞠《みひら》いた出来事を
ほどけていく素肌の痛さを攫《さら》っていってしまう
まあたらしい帽子といっしょに
長い黒髪も千切って駈けていってしまう
からだの芯を吹き抜け
慌しく体温を奪って過ぎていってしまう

それなのに
途絶えるあいだ
思いがけない野犬の遠吠えが
不意に　忘れたとおい部屋の灯の
乳くさい夜具のぬくもりを
くらい広さを
連れ戻してきたりもする

町かどを曲るとき
もう　振りかえらない――
たくさんの木枯しが渦を巻いているから
いくつもの灯りの悔恨や怨《おん》念が追いかけてくるから
それでも
冬は　ひび割れた皮膚の裂けめを
離れない

かかわり

報《むく》いを受けとったのは　ふたりだ
欲しいとねがった
あなたの罰
好かれたいとねがった
わたしの罰

一方通行のゲームルールをくまなく見付けてあるいたが
たいせつなあなた　は何処にもいない

契約なのだそれは
あなたばかりの神聖なエゴの式典
それもよい　連帯が闘いというなら

饒舌《じょうぜつ》は　いぶかりながら歩みよる
おそれの擬態
沈黙は　はじめて触れて絡みあう
もだえの密度

人と人がおんなとおとこが
愛と孤絶がこころとからだが
無と充足が産れて死ぬのが
あなたとわたしがわたしとわたしが
かかわる
ただ足早に振り向いたのではなく
ぶつかりながら顔そむけたのでもなく
ぎりぎりに賭ける選ばれた　場所で
ひとつの楔《くさび》を両面にひき剝がし
手に摂って視入る

あなたと　いまわたしはあたらしくかかわる——

購《あがな》う

銅貨を投げ入れて
ダイヤルを廻せばいい
任意のときとところで
しかし不本意なその声を
もしもしもし
すくなくともそのひと言　その数秒間を
得る　ことができる

ややあって　わたしは黙って受話器を置く
すでになんの執念もなく
屈折もすっかりなく

ときに低いしめった情慾が
とうにわたしからはぐれた　女の

声や言葉のかずかずに絡《から》まり
隠密な交換をむさぼったりも
するのだ

風が塵埃《じんあい》を掃きためてゆく街角の
うすら寒い赤でんわで
わたしはこの束の間の遊びを
買おうとする――
銅貨のその重みが
たなごころにわだかまってい
それは自動販売機から香水のひと吹きを
ジュークボックスで歌の切れはしを
購い得るのとおなじに
銅貨いちまい
隙間三ミリほどの穴の底へと
投げおとすのだ

陥穽《かんせい》

いくら嘘をつくなと怒っても駄目な人であった
嘘はいやだと喚いても　無駄な人であった
あの人から嘘を除いたら何がのこるか
あの人は嘘を言って　言いつづけて　死んだ
そんなに怖がらなくてもよいことにまで嘘をついた
時には本当ときまっていることまで嘘で押しきった
目つきまでそらぞらしく　唇まで出っ歯にして
それだけが生き甲斐であるかのように
戸口で改札口で手紙で電話で借用書で公式文書で天才的に
どこまで身勝手なのかわからなかった
またへんに優しく悲しげでもあった
嘘の辻褄をあわせて終った　ながいながい物語り
たくさんの涙　ため息　お喋り　笑い　そして後悔と安
　息と
嘘を軸としてめまぐるしく回転した　あの人
あなたが必死のよりどころとしたうそ　がなかったらは

じめから何ごとも起りはしないことを　たぶんあなたは
知っていたのだ　ほんとうのことなどどこにも在りはし
ないことを　懸命の創作でしか何ごとも起りはしないこ
とを　終りはしないことを　なにより何ごとも始まりは
しなかったことを　なにが実在かなどはまるでわかりは
しないことを　自分すらもだまされるしかないことを
知ってもいたのだ
ひそかにうそを期待しつづけていたかもしれない　わた
し　なに一つ本当のことなど通用しない人間が生きると
いう関係　に　それでもストレスを起さないで生きつづ
けなければならない人間　に　あきらめといたわりとや
さしさとずるさを持ちつづけていたかもしれない　あなた
なにかに必死に縛られたかった　わたし　うそにさえ
束縛がなければ生きてはいかれなかった　わたし
いまも
あの虚構そのものの真実と向き合っている　わたし

風景

冬が石段を降りてくる朝の
半透明な空がかたむくと
ずりおちてくる雲の厚みの
徐々にたしかにひろがる壁の
出口ない端のほうへとさまよう
搾《しぼ》りつくされた関わりの芯だけの熱
心房の弁のなかへ舌をさし入れ
毀《こわ》れてしまった唇をとりだし
血の唾液の　点滴をそそぐ
冬を呼びよせる凩は
肉体から巻きおこり意識にかえってゆく　怒り
出直しのきかない起点の

たいせつなことはいつも　こっけいな象《かたち》をしていた
遠のいて笑うためには
超えねばならない呻きの冬
裸足でながい廻廊をわたってゆく　冬

そこで飢えている
掌を灼きつくすブランデーの琥珀の犯しを
身を震わせ待つ
コートの衿ふかくうずもれる乳房
道端にねむるトラックの荷台
そこにとり残されている幾つもの瞳《め》
そうして行きつくべき夜　充ちたりるべき夜に
流されるおびただしい徒労の　滝
そのとき
火山の地熱に吹きあげられ
天に向ってなだれおちる溶岩のように
ひとは　冬のただなかに吹き戻される

化石

（石　は
わたしがまるで知らなかったずっと昔から
いつもここに　在った
風化して幾度生れ変っても
かなしみは
やはり　いつもおなじこと　だった）
　幼女は　離そうとはしない
　青褪めた眉の母親
　藍の矢羽根のお召　きゅっと結んだ手描きの帯
　表情の気高いほどに美しい日
　自分を置いてどこか遠くへ行ってしまう
　怖れ　におののきながら
　その袂をしっかり　と摑んで　泣いた

（石　は
白骨の無言で
溶けない
わたしのいのちよりもっと　固く
流星の煌めきで
漂う
はかり知れない　永さに）
　その母親が息絶えたとき　少女は

愕《おどろ》きの声も涙さえ眠りさえもなく
ただ母体の地平を喪《うしな》った
吊り橋のうえの春の眼醒めを
白蠟のような遺品にかこまれ
それだけをたずさえ
一と月へ一年へ十年へと
歩く　歩きつづける

（石　は
空や土のかなしみを呼び醒まし
心や貌《かお》や肉体の核を蔽《おお》う
夏や冬や夜をめぐらせ
男や女やの　宴に寄りそって抱く）
　夫人となった少女は　みずから
胎児を抹殺した空洞に
身をよこたえ
そのときふたたび　母を　見たのだ
おんなの充溢とおとこの空白と
その埋めようのない異質のいとなみ　を
演出の限界に置き去られたみなしごの愛　を
それから　ふっつり
夫人はおんなを脱けてしまった

ガラスの歯

蝕《むしば》まれた前歯の跡に義歯を植えつけることになったなにものにも毀《こわ》されない　美しくて見えないものまでも噛み裂くという　その効能を　わたしは信じてしまったのだ

　歯科医のまえで椅子に引据えられるわたし　痛みと恐れの期待に膨張しつづけるわたし　麻酔とドリルとうがい水のなかのわたし　ゆらめいている医師の白い巨体と　わたしは薄れていく意識のさいごの一瞬に　見たのだ　永劫にわたしの肉体の一部と化すべきものの形を透きとおったガラスの歯を……

　わたしは慟顚《どうてん》する　わたしは絶叫する　メスをはねのけ椅子を蹴たおし前がけを引きちぎり医師の図体を突き飛ばし　いっさんに駈けだす　すぐ背後で医師の白いマ

スクがわんわんわんと拡大し　押さえつけようとする手が大写しにわたしにのしかかる　とたん　わたしは気を失っていた

ガラスのうつわ　薬びん　ピストン　アンプル　窓ガラス　自動ドア　鏡　無影燈　が
飛ぶとぶ　砕ける　裂ける　割れる
斜めに逆に　孤を描いて　爆じけ　ガチガチと　きらきらと　とび散り　ささる

わたしはうす暗い細い道を　歩いていた
道は　叢《くさむら》に蔽われて何処までも続いているようであった　わたしは両の掌に　小さな蛾になってしまった母を　そっとあたためながら　ひとりあてもなく歩いてゆく　一匹の蛾となった　母の　おんなの　いのち　をわたしは肩をおとしながら　たしかめている
まだ幼いころにあるいた道　あそんだ庭のたたずまいがそのままにあるふるい家　を見つけると扉を押してなかに這入る　茶の間にも　応接間にも　どの扉の内ががわにも　がらんとした広さ　ベッドにかけ寄りわたしは母の寝床をめくる　ぬけがらのように誰もいないシーツ白いシーツ　のうえで　そのとき瀕死の蛾が一匹　手足をかすかに動かしているだけであった　これこそ　母だ　わたしはおののいてそれを拾う　ふと見えなくなってしまう蛾は　母の顔をしてこんどは衣裳簞笥のまえに　うずくまっているのだ
或る日　そのしろい蛾はわたしの眼のまえで家族のすべての者に取り囲まれ　父に　祖母に　兄に　姉に踏みつけられ　翅をちぎられて　そして死んでしまった　わたしは身じろぎもせずそれを見ている
みんなが立ち去ってしまったときわたしは　それを拾いあげ　両の掌のなかに包みこみながら　くらい細い道へ　とさまよい出てゆく——

どうしてこんなに細いのだろう
どうしてこんなに折れそうに脆いのだろう

どうしてこんなに小さいのだろう
マッチ棒のようになってしまった母　を
マッチの頭に蠟のような死にがお　しろじろと付いているかぼそい棒のからだ　を　掌のうえにのせてみつめながら
わたしは尋ねかける
どうして？
母　は黙ったまま横たわっているだけ
わたしの掌は汗ばみ
それが限りなくあふれ
母は舟のように　わたしの掌のなかをついと走ってふいに見えなくなってしまう
或るとき　それはわたしの小筐《こばこ》の隅にいたり　大切な机の端にいたり　そして踏みつけられそうに　寒い台所の土間に落ちていたりするのだ
わけもなく溢れでる涙を流しつづけながら　わたしは　たいせつなたいせつなそのマッチ棒をひろう
平たいマッチ箱のなかに　一本の　母　をそおっと
収めて　柩のようなマッチ箱の蓋を閉じ
両の掌のなかに　じっと握りしめながら
暗い細い道を　とめどなくわたしは歩いてゆく――

わたしの掌のうえで　母は　ガラスであった
母が乞うように手をうごかす
わたしの眼のなみだのなかでそれは　幾重にもだぶって映った
わたしは　ガラスの母に近づく
わたしもまた　わたし自身の掌のうえにいる　掌は大きく広くどんどん伸びて　わたしはなかなか母に近づけない　母は手を振る　母にとってたったひとりのわたし　ガラスの母は　いまにも壊れそうにゆがんでいる　わたしの指のあいだから　ふいに落ちてしまいそうになる　わたしは叫ぶ　掌をさらにかたくひらく　母が落ちないように　滑ってしまわないように　母のからだがどんどん小さくなる　怯えている母　逃れようとしているガラスの母　その母が上を向いてなにかを叫ぶ　すると　わたしの掌のうえ　母のうえに　父や祖母や兄や姉やの足の裏

が　しだいに巨大に覆《おお》いかぶさってきて　一瞬キラリとした光をのこして　ガラスの母は　無惨に砕けてしまう
わたしの掌にガラスの鋭い破片が一面にびっしりと突き立っている　ぎらぎらとささっている——

　ガラスの破片はこわれたもののかたち　壊れてもなお遺るいのちのきらめき　融けあわない個体の固さ　砕けてこそ研ぎすます　報復の刃

　生まれおちるとからの　絶えない屈辱のいとなみ　あからさまにその出生を踏みにじられてきたわたしの生のなかで　わたしの皮膚から一滴も排泄されず　骨の接ぎ目にへばりつき　カルシュームといっしょに沈着し　固い礎石となってわたしを形づくるそれら　生きるという　たったそれだけの厳粛なねがいの行き場をことごとく封じられて変質し　生きる手だての武器は凶器に変身し　わたしから発射すべきものが行き場を失い　わたしに向って鋭く内向し攻撃する　それらおそろしくも耐えがたい　人間という生きものの　それら　ついに惨憺のわたしを脅かし　傷つけ　疎外し　牙をむく　もの　がひとつに象徴された操作が　ガラスへの恐怖だ　強迫観念という泥沼　その　いのちの病い　ああ　ガラスが迫る　自分から噴きだし溢れたものが　こなごなになってふたたび自分のうえに落ちてくる　ガラスの砕片

　砂浜を駈けめぐった幼い足裏に突き立ったガラスの破片は　いまも血流のなかに混り　わたしの体内を駈ける
　水着を剝《は》がせば　べっとりと膚に附着したガラスの砂は　いまも他者との距たりの壁だ
はじめに感触は　ふかく意識に沈み　ふたたび触覚に返って……

　ひとつひとつのかけらに映る　父の眼　祖母の眼　異母兄の眼　異母姉の眼　眼
　ガラスのビルの残骸は　ちちの背中
　ガラスの食器の堆積は　そぼの腹
　ガラスのナイフの尖端は　あにの額

ガラスの下着の痛覚は　あねの舌

ガラスの歯は　噛み砕くだろう　小鳥を　花を　おい
しい食べものを
ガラスの歯は　噛み裂くだろう　男をも　子供をも
ガラスの歯は　冷えきっている　ダイヤよりも妖しく
透明に　そして脆い　ああ　それは　無残に崩壊し　飛
散し　にんげんのやわらかいいのちの核にまで　ぎらぎ
らと突きささる　ものだからだ

血族は創った　ガラスの歯を　育てた　人間の枷《かせ》を
なまなましい情感の疵《きず》を　おびただしい慾望の罪を　そ
して癒さなかった　消化不良を　あたたかい命と土と脈
うつ血の流れを
　どこかで喰いちがっている　生きるということ　不当
に歪められたひずみの代償は　いつもきまって　蔽われ
た深いどこか　見えないどこか　人間である最初のどこ
か　宇宙につながるはずの最後のどこか　深奥の一点で
狂いだし　連鎖の波が　やがて世界を覆うとき　ひとり
の　人の　内部《なか》で　ひき裂かれ　砕かれ　そして癒され
ないもの
ガラスの歯の内がわで
わたしは
すでに　いのちに触れない

愴《きず》

死の

衣裳だんすの抽斗しに息をころし
血をながす
皓《しろ》い爪の　かけら
薄紙にくるまれ
　かつてたしかに伸びつづけた
　これは　爪
　自ら死んだ
　母の

訣《わか》れの

あの人が父親となった　真夏
飛びちった稚《おさな》い愛
小気味よく焼けおちてゆく楼閣
砂を這う炎だけが抗《あらが》いつづける
　性の血という　いのちの
　重み
ただ逃げきるために
わたし　は

結婚の

風　乾き
夜　嗤《わら》い
獣　群れ
掟　契《ちぎ》る
　切り裂かれた肌のしたに蠢《うご》めく
　葡萄状鬼胎の　眼
なぜ凝視《みつ》めつづける
　塗りこめた壁を透しそんなに遠くを

遺書の

石になる　水になる
遺されはしなかったいのち
遺されはしなかったことば
によってしか甦らない永眠《ねむり》
　その眩暈するとおさに連なる文字
　置き去られた一閃の審判は
法廷に喧しくあらそう肉親の
ための　遺品の　指輪

あとがき

書く、という行為が、私と私以外のすべてのものとのかかわりあいのなかでどのような意味を持つものなのか、という絶えることない畏怖と探求のなかで、さまざまに往来する想念とたたかいながらノオトのように書きとめてきたものを、まとめてみました。

そのあげくの、私自身とそうした〝作品〟との距離の遠さ、さらにはその作品をとおして他者に反映し定着する自己、との気の遠くなるようなへだたり。

しかし、肉と場所と時間を持った人間の限界がそのまま、ことばで表現される詩というものの限界であるとするなら、私はせめて、その不完全さのなかに意欲と愛着のすべてを投げかけないわけにはいかないのです。表現された具象のなかにしかたぶん生命の実感は存在しえないのでしょうから。

属せない　とどかない　ぶつからない　底無しの　業《ごう》のようなものの私の女を、また人間の個と全体とのかかわりを、証したいという希いがここに書きとめてきたすべてであり、また、この墓碑銘を刻むことによって私のあらゆる過去への訣別として、あとこれからの時間のなかで、それがどのように象を変えてふたたび私自身のうちに戻ってくるか、あるいはけっして帰ることはないのか、という試みでもあるのです。

私はあらためて考えます、これらの独白が、現代詩の奈辺に脈絡を通じているかどうかはわからないとしても、または詩というに価しないものでであるにせよ、表現というものの宿命が、ついには各自の主観という域を脱しえないものであるのだろうか　と。

私の生いたち、辿ってきた環境の特殊な色あい——私は書きとめてきました、私の生の過不足のひずみの代償として引き受けてきたものを、ふたしかにおぼつかなく揺れうごくものを、そしてその生命の根源にかかわる熾烈《しれつ》な恐怖と慾望のありか、を。

（『在処』一九七〇年思潮社刊）

詩集〈部屋〉から

何処《いずこ》へ

飴いろの黐《もち》が塗りつけられている
天井から無聊《ぶりよう》のように吊るされている
つややかな甘いリボン
蝿　は
なにげなくそこで生捕りにされる

無数に死が磔《は》りついている
匂いが仲間たちを呼ぶのだろうか
なぜか
かれらにはかかわりのない仕組み
摑めない巨きな意志で

はじめ　ふとそこに止る
止ることは生のたしかな実証であった

飛び立とうとする瞬間に　知るのだ
すでに遅いから　はじめて識《し》る
驚愕し　手足をすり合わせようとし　暴れ
脱糞する
たいせつな翅は　ついに飢えきるまで動かせない
数分まえには汚物の周辺を
澱んだ湿気を　飛び交い戯れていた
同胞たちの翅音といっしょに

なぜ　かれらはそうされねばならぬ
慈悲もなく産んだものがあった
むげに殺すものがあって
死骸のはらわたからは
ふたたび孵化するものがあり　造られ
膨張し　まぼろしのように
また限りなく

側面で罠《わな》に支えられたまま
それから蝿は

飴いろの流動に添いゆっくりと
まだ見たことのない場所へ行きつくまでを
ずり墜ちていく

出遇《あ》うために

葉は
一個の嵩《かさ》となって落ちる

風か　それとも……
葉は成就しえずに
黄と褐色との斑なしみであった

瞬時の光彩となって空間をよぎり
わたしの地表におちた　ふしぎな
一点の出遇いから
ゆっくりと巻きもどされる
わたしの足どりはとおい原生へと

樹の閲歴は　種子の時代へむかって
用意された足場を踏むわたしの日常は
交ることはなかった
ある朝芽吹き　ふっくらと裂け
梢に緑の葉脈を紡いだ日日に
だからいま　まばゆい融合の痛さにふるえる

葉はそして
さしかかる道の石だたみから
ふたたび
薄日の溜まる地の層へと
一個のわたしを　離れていく

志向しながらも

歩いている——
街なかで

わからない誰か　巨きな手がわたしを押す
するとべったり掌のかたちにあく穴だ　背なかに
街の接ぎ目　ゆれる歩道橋やビルの死角　暗渠のうえで
予告もなしに小突かれる　と
こぶしの固さに凹む胸
肩がぶつかれば骨の
足を蹴られれば蹠の
痛さに口をあく
日常

産れたとき　わたしは
完璧に球《きゅう》であった
いま　くぼみばかりが

利器が殖え　活字が勲章が贅肉が殖え
そして減りつづける
わたしの根　根の液

生物はなぜ生きのびなければならないか
世界はなぜ栄えなければならないか
見てしまった
みずからのはげしさで
その全存在を吸いつくし　ついに
巨大なひとつの穴だけと化した
ブラックホウルよ
星の終焉《しゅうえん》のすがた

自転しながら　軸へむかって
磨滅していくわたしの時間
華麗にせめぎあう
余白

海の記憶

その顔は
あなただ　そしてわたしだ
進化という過程に立ち会い

痛苦な時を　共有する

色にならない明るみの　ただよう宙で
波だけが動く
明けはじめとまどっている
刻《とき》の　襞《ひだ》をめくって
突如渚をあがってくる
ひたひたと濃い毛におおわれたものたち
波の落ち砕ける喪神のなかをくぐり
後肢だけですっくりと踏みしめた地に
なにかを見ようとして来た
力の凝縮を鋭く前方に放射する　眼だ
上部の削げたせまい額　低い鼻　盛りあがった背
薄明の砂のうえ　海をうしろに動きはじめる
砕ける水の間隙をぬって　あとからあとから
際限なくあらわれ
陸へむかう素足の生きものたち
あれは　原人ではないか
濡れひかり　砂地から丘のうえ　山へ草原へと向って

移動していく群れ

母体　海よ
わたしに過去があるとすれば海しかなく
刹那をつなぎ合わせる魔術も海のほかない
日常も事件も思い出さえも　すでに
時間の列に帰属できないという
瞬時にすべてが自己完結していく　万象のただなかで
海が　波だけが　わたしを引きもどし
向かわせる
蒼い羊水に洗われて生きた歴史
しぶきの冷たさやあざやかな海藻のゆらめきは
幼時体験のようにぬきさしならない　記憶
みぞおちのあたりにふかく癒着し
ふいに　つきあげてくるにんげんてきな行為であったり
する

砂丘を遠ざかる原人たち
やがて陽は昇るだろう

かれらは　地平のむこうに　見たろうか
高速道にむらがる車のわずかな隙間から
都会の分離帯にびっしり植え付けられ
伸びきれなかった低い花の　カンナ　しらけた赤を
うしろ手に凶器で小突かれるように
自縛に塗りこめられた　顔　文明というひきつれた笑いを
あのふかく濡れた眼は　見たろうか

違ってしまう

ひと枝　の躑躅《つつじ》の紅は
狭い部屋の窓ぎわにも置かれる
冴えない濃い紅
枝は不透明に葉は重く濁って
それは　彼　の個の領域で
家は駅へつづく街並のなか
駅はまた公園へとつづいていて
彼　が其処を横切ろうとするとき
眼に飛び込んでくる　群生
濃い紅は炎となって揺れる
ひとひらの花の思いを噛みくだし
群れ　はよりそって一つの意志のように
風に向ってかっと燃えたつ
躑躅のみごとな爛熟

そこにはまったく異質の紅が……
こめかみに鋭い痛みを覚えながら
彼　は急ぐ群衆の方角へと
改札口を抜けるとたん
彼　の思案げな顔は失せ
なだれ落ちるようにホームに流されると
眼は受容れることを
唇は笑うことをやめる
二輛目に三輛目に押し並んだひといろの貌
四輛目のあたり
彼　の背広を着た一個の顔がはさまっている

彼　はもういないので
眼鏡だけが所在なげに鼻のうえで
電車の天井を
見ている
振動がきてうごきだすと
一つの意志のようなものが
よりそった彼の　群れ　を
浸透していく

鍵をはずした扉

葛根湯《かっこんとう》の　はじめ爽かな
それから味の濃いあたりで
あまさより解熱のしぶさに
嚥みくだしてしまうか　吐きだしてしまうか
いつから生薬というものの味を知ったろう
たぐってみても
母もそのまた母も
ずいぶんむかしから　伝承のなかで知っていたらしい

戸口まで来たのに　扉をぴったり閉じ鍵をかけてしまう
そんな型どおりの薬屋には幾度も出会った
わたしは夜おそく外に出る習性で暮していたので
まして陽のさんざめくなかで
階段を昇り降りするなんて　できない

いつからかわたしにふさわしい薬屋を
ただ一軒知るようになった　歩きつづけたあげくに
夜更けてしのびやかに階段を踏む
みずからの足音を曳き扉のまえにゆきつくと
扉はきまって鍵をはずしてあり
その内がわで
夢想とやさしさと
そんなものでがんじがらめに手足を縛られ
無精ひげにまみれた
ひとりの薬屋の　しぶい寝顔に向き合うのだ

訣別に

宙と実存の摺れあう線の　危篤という谷を
わたってゆく生体の
しろい足どり　うすい胸郭に
のしかかる引力よりも重い　延命器具の作動
捉える心電図の白い点がわずかに上下を飛ぶ
急速に冷えてゆく肉の熱
血流の圧ももはや無く
生でなく死でなく
人の貌《かお》というものでもない　存在の
前に
術もなく　生きてある者の
つきあげる慟哭のさなかをかすめすぎたひとすじの　お
　ののき
それはあついエロスのような震え
慟顚し　まさぐり　必死に感受しようとする
生きる者の側の
それは恣意《しい》というべきか

すべての音は遠のき
混沌の坩堝《るつぼ》がそこで　静止する
立ち会う生きている者が
宣告とともに受け取らねばならなかった
岐れ目のすべての力でけいれんし
肉の生存が解体をはじめるとき
その根源から　立ちのぼる
あやしい一閃のゆらめき　を

それは

それは
影で歩く
いつも人間のようなかたちをして
呼びとめると
跫音はひたと止るが
顔は　疾うにゆき過ぎている

ときに男のようなかたちで
それは　動く
振向いた眼は思いがけず険しく
なお問いかければ
二重映しのほほえみが遠のくばかり

超えられないほどの日かずも言葉もあった
小さな動作のまわりにさえ　風が騒いだ
ある日
寿命のように鮮明に尽きる
それは　かかわりという
血のしろさのかたちを残して

部屋

I——自室

手さぐりで鍵穴に鍵を入れる
暗闇のなかにスイッチは明確であり
靴を脱ぐ位置すら寸分違わない
靡爛した慣れ
人と別れ　仕事を終えて　帰る
眠るほかはないために
自室へ
音の無い色の無い部屋へ

引越すたび荷物は　減らしてきた
眼につくものは一つずつでも日々捨てていく
はじめに　四囲は生活のしきたりに整えられていた
脱ぐことが営みだ
コンクリートの地肌　荒木の板
文明の利器も食べものもカアテンも残らなくなった
壁と床を
ただ空間の広さで　飾ろう

花瓶に絵にインターホンにさえ侵される
我執や完全慾という犯人たちを

ひき連れているから
どこにもふるさとは無いから
けっして主《ぬし》の住まないホテルの客室のような
自室は　ひたすらに無性格で
いつもここから素手で出掛けられる　ことがいい

Ⅱ──部位

わたしが産れたところは部屋のなかだったのだろうか
わたしが育ったところは　やはり部屋だったのだろうか
広い空間に仕切りを立てて
鍵などを使い

固い境界
見えていて　触れられない
それでも柔かな音調や
独善的な纏《まと》いは　遁げてはいかない
しっかりと手応えのある隔絶
ここではふかい安堵の眠りにおちることだって　できる
そのとき　わたしの占める部位を

誰かが部屋と呼ぶのだろう
塵埃や家具　覗き窓　孤絶を紡ぐ手順の
ぎっしり詰った立方形のなかで
わたしはどんな姿態をしていたことか

わたしが死ぬときに　たぶん部屋といわれる何処かで
その間際に部屋のどの部分に
視線は向けられているのだろうか

Ⅲ──危機

気配だけが　出たり入ったりしているなかで
いちにちじゅう何回か聴いた
あれは　音だったか　衝撃だったか
把手をまわすわずかの響きは
何かの意図だ
這入ろうという　またはもう来ることはないという
そのたびに内側の物体が少しずつ　ずれる

翌日　人たちとおなじようにその部屋の外に立つ
なぜか錆びついてしまっている把手をこじ開けると
眼のまえをはしったのは　照明の閃光ではなく
荒れはてた地平の
ひとかけらの
赤い星くずなのだった

Ⅳ——非在

階段を昇りきったつき当りの　小さな場所は
最上階のエレベーターの降り口でもあり
屋上へつづくドアと　くらい照明だけのあるわずかな一劃
めったに人も通らないが
帰途　自室のまえを素通りして来てしまう此処は
家具もなく習慣もなく情念も　腰掛けさえもない
手摺りによりかかり　いま郵便受から取ったばかりの
手紙や本のたぐいをていねいに開封し
息を吸う　こんな或る片隅
地球のまわっていく音をしんしんと嚙みしめる
所有するものには支配される　わが家　わが友　わが……

を逃れて　此処にはわたしの所有はなに一つ無い
幼いとき
古い家の階段を昇りきった　二階の廊下の端の隅で
小さくうずくまりじっと家族という傘のしたの
無法地帯の感触を　たのしんだりした

喫茶店の一隅　テーブルと椅子だけのわずか一平方米ほど
公園の一箇のベンチのうえのせかい
座った列車の　窓とシートそれだけの部分
それらこそがわたしの部屋
所有するものの一つも無い
属する時間に支配されない
安らぎと解放の　場
喧躁のただなかの
わたしだけの静謐な租界《そかい》

血族のちかさで味付けする家庭の料理は
食べるのがつらい
職業的な良心で盛られた食事は平安で美味だ

愛憎のおもさを纏ったベッドのぬくもりは
眠るのに苦痛だ
職業的サービスのいきとどいた旅荘のシーツは快い

ところで部屋はそこに在る必要はなかったようにおもう
部屋をかたちづくるものは　仕切りだろうか
仕切りとはたとえば扉なのか壁なのか
人は背中という板でも拒むことはでき
寡黙という幕でかたくなに遮ることもできるのだから
時空を超えて
定まらない場所
こそ　わが部屋
日に何度か　そんな処をたずねて
夜は仮眠し
そしてひとりが　展かれる

V——回帰

窓ガラスを開きカーテンをたぐる
その内側の　アルミ箔の蔽《おお》いを
剝ぎとり　まるめ　捨てる
口を開けた窓から射しこむ
周辺のビルの視線に　身を晒す
花瓶の切り花も抜きとり捨てる
はなびらの質感は部屋のなかではふさわしくないとおもう
洗濯ばさみの　口と足を噛ませて珊瑚礁の
オブジェをつくる
請求書や解説書が身をのけ反らせて乾く
流し台の下の扉を開け　テレビを喋らせ
天井板の隙間からＦＭ放送のスイッチをいれる
写真のパネルを卓に　タンブラーを二つ置き
押入れの下段に蒲団の半分をさし入れ
横たわるために　敷く
裸電球にあかさを灯し
手製の椅子に掛けると
本の背表紙の文字がさまざまに浮きだす
衣服の衿は吊られて　におう
表札には〈矜持《きょうじ》〉と記《しる》した

建物に沿った階段を昇れば
その部屋に　行きつくことができた
それは狭い部屋であることがよかった
仕切られて見透せる　無限の空間
光がさしこめば色彩を織り
やさしい動きが影を彫る
貧しいほど　燃え
ぜいたくな時が　ながれた

あれら　青春の部屋たちは
あるときに
宇宙船のように
建物から離れ　時間から切れ
意識の潜みで
永遠に出口のない亜宇宙の洞《ほら》を
輪廻《りんね》する

Ⅵ――鎮魂

かつて人がなまぐさく住んだ時間を
柱や窓や畳は　どうしようもなくいっしょに
生きてしまった
畳の目にすりガラスに木肌に　血管がかよい
神経系統が付与されでもしたように
夕凪ぎの熱気に喘ぎ　秋霖の夜を聴き
青葉の陽ざしを吸いこみ　して
部屋の主《あるじ》が死滅したようには
部屋の物体は死ななかった
思い出は　物　によって触発される

いま　この空間を主とおなじ次元に還そうとする
本棚に粘りついた書籍を
一冊ずつはがして
古本屋に積みにゆく
たった今立ち上ったあとのような
マットレスや掛蒲団　頭の形にくぼんだ枕を
担いで　四つ辻の道端に運びだす
体臭のかよった写真　メモの断片も
惜しげなく捨てても

見えない鼓動が息づいている
四隅の埃たちさえ　涙や笑いをかたる
沸騰した部屋のことばの密度に
だから　生きている人間は
ただ棒立ちのままでいる
部屋がいきいきと光彩を放つのは
住むひとを失ってからなのだ

そして除かれた物たちと入れかわりに
この空《くう》を
あの　死に近い人格の
苦しみにぬれぬれとした
蒼くうつくしすぎた
瞳が　住むのだ

あとがき

〝部屋〟は、私を囲んでいる普遍的な宇宙。この、横穴式の住居から、溜った塵芥を運びだすために深夜私はエレベーターに乗る。地上に降りつくまでの箱の中の長い時間。かたちある身辺の夾雑物を、ゴミと一緒に詰めて捨ててゆく、年月の重なりのなかで、引き換えに受取るぶ厚げな自由と、孤独を掌《て》にして帰る。過去も未来もすべて包含した現在という一点、刹那、がすでに自己完結しているという絶対性で迫る。これしかないということは、これがすべてだ、と極めて身勝手な楽観性を背負って、過去や未来への興味を削ぎおとしてゆく。記憶喪失のように、時間の経過を捨ててしまった部屋に、ちらと永遠が顔を覗かせる。

　部屋などというものに殆ど関心なく生きてきた私が、〝部屋〟という詩集を出すことになってしまった——。

（『部屋』一九七七年地球社刊）

詩集〈そこから先へ〉から

ついに超えたかのように

空模様の話などなにげなく交わしながら
まるで別のことがらを伝えている
おなじ種族には　おなじ時が流れる

午前零時の　眼の光が
歩くたびに瞼のふちから
排水溝の暗みへとこぼれおちている
通りを横へ曲りかけたとき　落雷が地へ突き抜け
行きかけたまま黒焦げになってしまう男
覆っていた皮膜が破れて
だらりとむきだしに垂れさがった脳細胞の回線に
感電したということだ

眠る合い間に

犬歯を研いでいる
不文律を嚙みちぎると
舌に恋情のにおいが充ちた
午前零時
どうしてもこのジッパーがはずれない
剝がれない凹凸の貌
風が通ればまあたらしい手ざわりを知るのだろうに

さぐりあてられない回路に
はらはらと顫えるものがあれば
もうしばらくとどまっていよう　此処へ
いったい
非条理というものを許せなくなるときもくるのだろうか

糸が通らない針がささらない　破れ空を
折りたたみ傘でかくしていく
どちらに向かうにせよ
それは晴れたとしても降ったとしてもおなじことで
通りを横へ

意識の助走を駈けぬけ
ついに超えられるだろうか
自己愛の横棒《バー》
雨に呑まれて急速に遠のいていく共有の背景に
かわって空が　喘ぐように鈍い

そこから先へ

始まるところで
その実すべては終ってしまっている
もはや殉ずるほかになにがあろう
はじめて出会うために　時と所をきめる手筈とか
まだ書かれていない白紙に別れの間合いを読みとると
　か　に

自爆を予感したとしても
とどまることは許されないだろう　だから
これでもう世界が終息してもいい　と男たちが安堵する

　ような
絹の薄いしなやかな干菓子を噛むときのような
しん　としみとおる女の声が必要だ
立ち上る椅子に羞恥を脱ぎ捨て
チューブの絵具のように雨のなかへ押しだされる
庇や塀に街灯に　ベンチに石だたみに
雨つぶは　急角度に乱舞し跳ねあがり
ぶつかりはじけ叫び砕けまた融合し　勢いを増し飛んで
　いく
しぶきは消えたところで　新しい質感となり
意識のなかにその手応えを増し
やがてぬきさしならない存在となる

無限大の一つぶを
曳かれるように追っていくと
沛然として包まれる総合病院の病棟の一角
うすぼんやりと灯の点く窓の真下でとまる
重病者の呻吟がわたしに呼びかける
厄病神が入れ歯を鳴らしながらの宴かもしれない

夜っぴての交情を求めてくるが
今夜のわたしはさしあたってかかわりはなさそうだ

さらに雨しぶきに導かれ
くろぐろと眠る郵便局のまえに立つ
つま先立ちで見えないひとつの柵を跨いで
郵便差入れ口になまあたたかい白紙の封筒を　おとす
ことりと蓋が落ちると
そこから　祈りのようなものがひろがり
あたりはすでに薄明だ

掌のなかに

掌のなかに　町が見える
振っても傾けても
ふちどられた寒い風景の内がわで
ひび割れて見えるいくつもの径すじ
混沌の掌紋をたち割って
端から端へつき抜けている　濃く深いひとすじの線

そこの営みはどのようだったか
町には誰が棲み　何時あの小径を歩くのか
一切がわたしの知覚のそとで
意識の死角のようなところで　形成がなされたのか
月光を拾いあつめて　掌のうえにかざす
光が燦めくと
あらわになった窓や戸口から
いっせいに顔をだす詰問の視線
騒然と鳴りはじめる非常ベル
勝手な住人たち
幼女から老婆まで　みなおなじ顔付きが
わたしによく似ていた

かれらの一人を拉致し
その掌に釘を打つ
ひそかな愉悦と熱い疲労
明日からこうして一人ずつを抹消していこう

昂まる耳鳴りを　耐えながら

闇が熟するたびに
わたし自身のてのひらで
磔刑《たくけい》の傷口はいよいよ深く
開く

見たと思う

何万分の一かの確率で事故が起るように
おなじほどの仕組みでどうしてもめぐり逢えぬ　人　も
いる
生涯追いかけても辿り着けぬ　場処がある

住みなれた部屋のなかに　まだ
いちども蹠を付けたことがない部分があることを知って
いるか
建物のなかにも庭にでも　いちまいの毛布にさえ
足を踏み入れたことのない場処が点在することを
そこへ行ってもういちど風景を
自分の膝がしらを　見たとしたら
男と女の会話は肩ごしにすりぬけていく
眼もたがいに斜《はす》かいにゆき違い
しめったままでとろとろ燃える
バックナンバーは随所で欠けおちている
鏡をとおして見る相手の顔が
ほんものとはかけ離れているというのに
けっして知ることはできない自分の生身の顔
真実欲しいもので手にしたものが　あっただろうか
戦慄は　神社の境内や坂道や川底にも
石ころのように転がっている

視野の隅を　黒い虫のようなものが歩いてくる
あの部屋の　あの落差のようなあたりから
あるいは飛蚊症の網膜の点かもしれない
恥のように歩いてくる
超自我の傀儡《かいらい》にすぎないだろう一匹の虫は

わたしに同化しようとして
触れ合おうとする　瞬間に
近親憎悪のエネルギーに吹き飛ばされる
虫は　独房のような部屋で一椀の水さえも所有できない
さっき飲んだひと口の水は
細胞にわずかなしめりを与えて　とうに排泄されてしまった
陽はさんさんとふりそそいでいるというのに
虫は　自身にさえ出会えないでいる

真実たいせつなもので失わなかったものが　あっただろうか
等身大の人形　絵双紙　鳩の飛びたつ時計
その文字盤の示す　時間
限られることのない　価い
すくいあげられなかった　奈落にひきずられていった命たち
なによりも時間を
夜ごといっしんに掘りおこしても
時間は　狎れあいの夫婦のように
吸いとっていく　埋めていく
不可知の一点へ虫は　信じられないやさしさで
帰っていこうとする

雨は

湖面に刺さりつづける雨は黯い
はね返す硬さが無く
湖はその底へ絶えまなく吸いこんでいく
吸収されてしまうことの無気味
そして雨つぶの負うさまざまの含有物から
ひとつの結果を選択して
水は　その色になる
雨滴が宙空に在ったとき
辛《つら》い風も通りすぎた
樹々はこぞって枝葉をすぼめた
雨が湖面と向きあうわずかのあいだには

貌をそむけることさえできなかった
湖を見ているものは　いつも幻視であった

橋をわたっている光が
ふいに曲ることがある
まるで橋そのものが曲ったように見え
いや　確かに橋が曲ったのだと
眼は識別に見ひらかれる
夜に　雨は街なかの舗道で跳ね屈折し潰れ
雨自身の負う生態を
アスファルトの虚構のうえへ吐瀉しつづけ
流しながら　零《こほ》しながら
選択される
色めまぐるしいネオンサインのあかさとなる

遮断の色

そこで渡ろうとすると信号はいつも赤に変るのだ
前のめりになった思考のはな先を
おびただしい車の影がよぎり
ふさいだ耳の奥で時報が響き
パズルはいっこうに解けない
スターアトラスだとかホロスコープとか
魚類図鑑や月や木星の引力などという難問
それらを振り切り駆けあがってそこに立つと
ドアは眼前で音もなく閉じ
走り去る電車のむこう側では　残照に
いっとき街はかがやいたように見え
そして急速に冷え翳りを帯びていく
どの祭りも終っていて
日付のない拒否のただ中に立たされている

心臓にもこのように他動的に働く仕掛けがあって
開けば流れこむ情念の匂いに染まるが
ひきつれのできた心房の弁を
逆流する血液を　透析しても
はみ出した毒素は

張りめぐらせるどんなやさしい網にもかからない
疲労死するまで
その赤さを
遮断の色を
自らの内にかかえこんでいる

坂を下りそして階段を昇る
階段には鉄製の錆びた手すりの手応えがあり
それは橋というには橋らしくなく
足の下を人や車が走る
ぐらつく花の首のようにおぼつかない歩行
いつどうして行人《こうじん》となったか論理をさかのぼっていけば
ふたたび　ある筈のない信号の前へ出てしまう

時間のうらで

約束ごとにのしかかられて
潰れてしまう恐怖にかられながら

二分間ほど遅れた
あと一歩　という目測が実は一歩半あって
二ミリかなと思うと三ミリあった
ずれているのは　乾いた傷口で
血で塗られた領分がくまどる面積は
かさぶたよりはさらに広いだろう

はげしく転倒したのは溝を跨いだときだ
歩幅が狭いのは宿世に縫いつけられているスカートのせいだ
時間どおりに歩くのにはまつわりつくものが多すぎる
時刻表には密度の表示はなかったし
目測には目盛りがついていない
臨界量の不足分を埋めようとすれば
膝頭を割るか　どこかをすり剝くか

世界をめぐる量度《りようたく》からは
だから　二分間ほどおくれて産れてきた
その分だけ死におくれるのだろうか

受取るのも手渡すのも
ちぐはぐな足場のうえの危うげな舞踏
時間という　人類の創った途方もない共同幻想のうらで
少しずつ命題を官能とすり替えながら
張られた一本の　欲望の綱をわたっていく

代謝儀式

一日に紙袋一杯の買いものをし
ポリ袋一杯のゴミを捨てる
殖えも減りもしない
つまり　ものはわたしを通過し
屋外へ運び去られるだけだ
おもに食品はわたしの内部を通り
衣料その他は外がわを撫で
さらに情念はわたしを止揚し
わたしはトンネルのように管《くだ》となって
ここに存在している

まいにち　ティッシュペーパーやみかんやストッキングが
腕に抱えられて移動し
裏階段の踏み板のあいだから
街をわたる虹を見たりする
そして管に寄り添い　細分化しあるいは膨張し
熱量や味や幻想を産みだし織りまぜながら
しだいに排泄への重くるしさを帯びていく

骨のように硬直した突起や
崩れそうな水気の手ざわり
捨て去られる豪奢《ごうしゃ》な慾の壊死
それらはひとしく
屑入れ　と書かれた大きな鉄の容器のなかへと投げ入れ
　られる
まれに誤って混った指輪の類が
めったに掃除されることもない焼却炉の底で
ふいに異物めいた光を放ち
わたしとの距離に記憶の橋を

かけたりする

媒体《ばいたい》として

ふと胸に泡立つものがある
甘酢っぱい匂いがただようからか
花屋の店先で　だがそれは花の香りとはちがう

記憶の匂い　痛みの舌ざわり
山あいの小駅の線路ぞいに
切り通しを抜けて急に展けた原に
しなやかに絡み合い揺れていたコスモスの群れ　の

切り花は嫌いだ　と言う人に
何人か会って
なぜか安堵があった
土のうえに　空を背に匂い立つ花々
わたしのなかに用意されたことはない花瓶や壺

だから　花は贈るもの　伝えるもの
ひとの手を素通りして
どこかから　なにかへ
花によらず物はすべて
なにかが　だれかへ渡っていくことでいい
美しいものは　わたしを通って
どこかへ行けばよいので
どんな豪華も無になるための支度で
所有することは虚しく　さらに息苦しく重く

寒い空　挫折のぶつかる街角でも
薔薇や洋蘭そして燃えたつ葉の赤さ
店先に色彩は躍っているが
美しく咲いたものは　枯れて無くなることがいちばんいい
すっかり枯れて　捨ててしまうことに
痛みを伴わないことが
花のすばらしいやさしさだ
そのとき花は媒体としての役割を　終える

夜へ逸《そ》れる

立ち竦《すく》むかたわらを通過する列車のようだ　轟音を響かせ近づくと確かな車輪の音を刻んで　疾風を巻き起こし衣服をめくり心臓をつき抜けて立ち去るまでの　冬呆然と耐えている夜半　横丁からつと出て来た巡査に腕を取られる　踠いてみたが　いよいよ強引に立ち塞がり　所持品ぜんぶを出せと言う　この大都会のど真ん中こちら魔法使いの肩書きも無いので　恥ずかしいものまで一々つまみ上げすかし見されて　略歴賞罰なにを言っても押さえつけ取り合わない　夜公道を歩いていただけというのに　変形性頸椎症でぐらぐら歩いていたにせよ　シンナー吸引者の一斉検挙とやら　こちらアレルギーで薬品恐怖　逆さにしても薬物反応が出ないとわかるとてれかくしで　威丈高に引き上げていくさま　奴ら関係妄想のたぐい

真暗闇の廊下のはずれ　火災報知機のかすかな赤い灯のまえで　ジャズダンスを踊っていてなにが悪い　ガードマンの不審訊問に照らされる　しんじつ光りが美しかったから　夜起きていて　一日一食しか喰べなくて　美人でもなく能無しで　さりとて死ねもせずとて　いったいなにがわるい　常識というものですわからないのですかと蔑む眼付き　解り過ぎているから不幸の側にはまり込んでいるので　仲良し運動は罪悪にも裏返るのですよ

角を曲ったところで　馴染みの犬が顔を向ける　じっと見凝められると　笑顔をつくってみせなければと　どぎまぎする　犬にも人見知りする癖　動物とはどんな情操でつき合えばよいのか　とまどってしまう　そこでてくてく　自室に辿り着く　かぎ穴に鍵が触れると　ピリッと青白い火花が　乾燥しているのですね静電気とやらノブを掴むとビリリと衝撃が　この感触　を経なければけっして自室に這入れないという通過儀礼　此処では皮下脂肪を燃やし暖をとり　神経叢を束ねた芯に明りを灯し　骨をくべて熱量とし　その骨の肉がわに肉が付き外がわを血管が走り　あかい血が通い　浮き出す骨の肉体化　ぎりぎりの限界で　生きてきた時空の詰った表面張力　支えきれなくなったように　崩れる　わたしは家のなかで　遭難する　ときまって眠気が襲い　夢のスクリーンを辿っていくと　いつも幼いころに暮した家　体

温だけあって母の形が無い　つい先刻までいたのに　かき消すように消えて　死んだ父も歩いていて　世話していた女がついてくる　死ぬ日がカレンダーに書きつけてあって　あと二日しかないのに　コートを着て　満員電車なんかに乗って　坐れたかどうか　といきなりの停電気がつくと小さな椅子からころがり落ちて　わたしの手をついた所は海　まっさかさまに沈んで　そしてその底で話し合っている〈おまえさんは男で　おれが女〉と勝手に決めてる　洟《はな》たれ甘えたれ　受けのできない男の脆さが　ただ攻めまくるばかりが得手で　ぴるぴる身を曝す貝のむき身のように　お互い　育ちそこなった首の坐らない餓鬼だ　見捨て見放された地平から放たれる一すじの眼光の矢　月の裏がわまで届く
　丑三つ刻　せんだってても眠っている外車の陰にひそんでいると　パトカーがサイレン鳴らし近づいて　止る何事か　見ていると　ばらばらと降りてきた三人　こともあろうにわたしをとり囲んで立ち並ぶ　そんなにお仕事あぶれてますか　それからは訊問　住所氏名運命星思想嗜好信条性癖　ついでに署までと腕を取る　仕掛けたものは無いかなど　車の周りを叩いてみて　不審だって？　過激派だって？　とんでもないこちら絶望派だ月の移行と無人の車との位相関係について　極限値について　考察していたに過ぎない　またもや失語の車止めに突き当る　お助けください　道を逸れてまたてくてくと　先取りの旅へ　生命線の途切れた淵へと降りていく

ずれてしまう

坂道を昇りきる手前では
眼に映るすべての象がばらばらと崩れる
背後に在る風景は元のままで暮れはじめているが
眼前では砂埃をあげて崩れ去ったあとの
瓦礫の散るそこここに
たしかに見覚えのある手や足
腰や胴の部分　首などが
あきらかにわたしの顔付きそのままに落ちているのだ
坂道の向うの側は

約束の時間の場所である

いままで幾度この解体現場に立ち会ったことか
目的地では時計はギリギリと廻っていて
それでも後へ後へと
どうしようもなく引き戻される力が
わたしは歩速を裏返そうと焦る
溢れてくる爆裂の予感
かけめぐる記憶のランナーが置いていく何枚もの絵
絵のなかの幼いわたし

間に合うように家を出ては　お月さまのような女の
子と二人　わけのわからない道草を食べて　大通り
をつっ切り露地や店先を覗き花を千切って髪に挿し
とりとめもなくお喋りし　たっぷりと遅刻していっ
た朝ごとの　ふしぎにその子とだけは気が合って
朝礼の終るまでを下駄箱のかげに息ひそめていた
たまごみたいな顔立ちの先生がかばってくれて
父と母との相剋がランドセルの止め金に翳をおと
す　圧しつぶされている母の姿が　目にちらつく
小児拒食症も　待ちに待った遠足に出掛ける朝のあ
の抜けていくような寂寥　も

きめられたすべての規則のまえに立つ恐怖
逸脱する距離　ずらす癖《へき》
ついに免疫は得られなかった
慣性や学習では矯正できなかったこの癖
約束というその一点にだけ生身《なまみ》を持ちつづけ
触れるとたちまちに充血する痣のような

損な人だとよく言われた
損というからには反対側に得があり
それならば何が得か　と
その前提がしらじらしいではないか　と問答は朝まで尽
　きない
解体現場では
どんな仕種でか自分を組み立てている気配がするが
そのたびに　細胞の一つずつが脱け落ちてはいまいか

光に捉われて

エレベーターホールに立っている
廊下の奥は闇
吸いこまれていきそうな深夜
ふるえる指が階床ボタンを押す
地球の自転する音と入れかわりに
ごおっ　と呻きをあげる電動音
どこかでゴンドラを押し上げているのだ
ついに慣れることはできなかった不気味な響きが
不意に止んで　眼のまえに両開きの扉を開く
中は煌々と目眩めく光が詰っていた

開かれぬ観音開きの扉のむこうで　まだ盛りの母が
人間のかたちをした最期の試練に　燃えていた
横たわったまま母はどの部分から
思想や愛から　髪や手指や乳房から
焼け尽きていくのだろうか
ごおっ　とすさまじい唸りをあげて

扉のむこう側に目眩めく炎が詰っているのが　見えた
椎の葉群れに陽が躍っていた　火葬場の庭

よみがえるものはほかにない
のどぼとけや骨盤を拾いながら
少女のわたしは声にならない涙を飲みこむ
誰も死んだことがないのに
熱くないなんてどうして言えるか
無理というものではないのか
嬰児のときからどれほどかの時をかけて成熟してきた肉
　体を
たかだか一時間ほどで灰にするなんて

だから　死亡診断書も埋葬許可証もほんとうはいらなか
　った
成育とおなじだけの時をかけて
ゆるやかに風化していきたかった
邪悪な音たてる火に焼かれるよりは
きらびやかな腐爛がいい

と　夜明けに近いエレベーターホールで
眼のまえの観音開きの扉がするすると開き
見ると一人の老人がこともなげに出てくる
疲弊した両脚を杖にすがりながら
暗い廊下のむこうへと
吸いこまれるように消えた

一枚の板

二日前に　ひそかにハートボードは　病室に持ちこまれていた　気管切開　人工呼吸器　点滴　輸血　輸液　肺洗滌　胃洗滌　膀胱洗滌と魚のように　昇圧剤でから焚きの心臓をかきたて　かきまぜ　六十余日も危篤状態を保たせたうえ　臨終の背にその板を差し入れ　馬乗りに跨がり　心臓マッサージをほどこすために
　ながい危篤の日日にも　まだ運び込まれなかったハートボードと呼ばれる板　間違いはなく　死の前に　それは　室内に立てかけられた　誰にも気付かれないかのようにうに　一メートルほどのこの板のうえには　幾人の背が乗ったことか
　スーコトン　スーコトンと　リズムを刻む人工呼吸器ベネット　赤　緑　黄のランプがせわしなく点滅し　病者の呼吸と合わなくなるたびにブザーが鳴る　明け方も　夜中も昼も　廊下にまで響く音　輸血用血液の入った袋がぺしゃんこになる　多種の薬剤が点滴に混ぜ入れられ　下腹部の穴から管を伝ってポタリと落ちる尿は目盛りのついた袋にたまっていく　はげしく苦しむ病人は　昏睡のなか　なお布の円座を千切れるほどに握りしめ　しがみつく　すじの立った　あおぐろい皮膚　足裏のまるいむくみ
　いま急速にハートボードの神秘性が去っていく　もはや片付けられるだけでなく　板の裏側でつめたい加虐の笑みをもらしてはいまいか　ただ　何気ない茶色の木肌を見せているだけとなった一枚の板は　空骸と化した肉体が　運搬車にのせられ斉室に運び去られたあとの　ベッドに無雑作に放り出されて　使い残した紙オムツといっしょに　すっかり明るい病室に　或る位置を画す

父

壊れている傀儡《くぐつ》は
傾いた物置などの隅で埃にまみれているのが
ふさわしい　と二十年も前に
確かにその手に摑んで
こうして放りだした者がいた
ただ置かれ　時を数えるだけで
疲労のように血の飢えは積み重なっていくらしい
わたしを産みおとしたもののその片割れに向かって
ついには相まみえる時間さえも
もうやがて失われようというのに
壊れていることを理由に　すべてを拒否されつづけてきた

　二十年前にわたしは　かれのための役割りを終えたのだ　わたしは生きのこり　片付けられ　視界のそとに置かれている　傀儡師《くぐつし》はそのとき　他の別種の人形どもに有頂天だった

どうして壊れたか　問うまでもない
どれだけのエゴがそこで互いに鎬を削ったか
それはもう術《すべ》ないこと
せめても血の温みが欲しいだけだと
すでに九十歳にもなろうとする
あの　死にかけた傀儡師に言ってみたいのに
あの人はもう　自分のことで手いっぱい
他のにんげんには相変わらずうわのそらだ
だから　遠く物蔭にかくれて
瀟洒な服を小粋に着こなしたその後姿を
垣間見ることしかできなかった

　T会館のロビーでは　相手から見えにくい位置に身を置きあらゆる光や影に気をつかい　一時間　二時間とながい時を　待ちつづけ　二十年を待ちつづけ　階上の一角に現れた老人を認めたとき　膝ががくがくと脈を打つ　大仰に喋る若い夫人のかたわらで　その人はそろそろと移行し　ゆるゆると出口のほうへ　遠く間隔を取り　足音を絨毯に吸い込ま

せ　追う　ボーイに支えられくるまに乗り込むまで
ただ呆然と立ちつくすだけ　自己を抑えることにど
れほどの労力を使って生きてきたかわたしの半生
は　なにもかもこうして自分の外がわで現象は動
き　何に対してか　気兼ね　思いやり　痛み　怖れ
が渦巻くわたしの主張の外で　わたしに父を会わせ
ない強固な意志は親族の計謀　なぜかくも血を流
し　涙を流し従わなければならないわたしの運命
か　それは愛憎を超えた父その人への配慮　衝撃を
与えてはならないと　絶対的に拒否されながら父を
愛しつづけるしか生きようがなかった　その流した
血の量や重さ　どす黒さ　塩辛さ　あのとき　老軀
に深く巣喰っていた癌細胞をわたしは感受した　そ
れは倒れて救急車で入院する直前　予感の切迫に
屈辱をしのんで終日父を追い廻し　この眼で生存を
確めただけ　声もかけ得ず　帰ってきた日

どんなに定義を重ねてみても
どこまでも埋まらない空隙だった

水の滴りさえ血の流失に見えることだった
いま　父が死ぬとき　傀儡師が
踊れない私を放りだしたあの手が
なんのゆえにか　わなないているのだ
生あるうちには向き合うことも拒絶されたが
人工呼吸器を挿入された昏睡のなか　はじめて
その貌を見ることができた　二十年ぶりで

わたしはJ病院の玄関わきの非常用ドアを押し　夜
更けの外気を吸う　わたしの物置小屋へいったん帰
るために　この病院の構内から発車する　くろぐろ
と待つ終バスの　後部座席に極寒の身を埋め　これ
で最後か　明日はもう終っているのではないか　と
放心の　わたしを乗せ　バスは角を幾度も曲り　何
故か繁華街の眩しい灯のなかを通り抜けていく　向
い側に坐る乗客の横顔を　ネオンのなまめいたあか
りが　染めて　過ぎる

その貌は黒い布を顔前に垂らしたように表情は見えない

この傀儡師は舞台で　どんなだしものを演じたか
ひとりの子供の不幸にかかわる物語りに相違ないのだが
病院の最高級病室のベッドのうえで
延命器や人工肺をとり付けられて
徐々にしぼんでいく物体のような死に様に立ち会って
とうとう　わたしの言葉は相手の意識にとどかずに
尻切れのままでバスに揺られている

きれいどころの人形たちにうつつを抜かしていた父は　母の臨終にも不在で　温泉旅行に出ていたという　その母は〈おとうさまを大切にしなければいけませんよ〉と少女のわたしに言い置いて死んでいった　到達し得たひとの言葉　冷くなって胸のうえに組まれた　痩せた指　病臥の母を理不尽で打擲し土下座させ　その頭上を足裏で踏みつけていた父
いつもいつも顫えながら見ていた思春期のわたし
傷つき泣き喘ぐ母　ひとことの苦情も洩らさずに死んでいった母　怒りと怖れはわたしの魂に灼き付き　どう納得処理もできぬまま激しく内攻し　びりびりと裂け強迫観念となり二重に　わたしを打ちのめす　並の人間には真似できぬエゴイズムを貫きとおした　自己愛に徹した男　と　自己を手放し　無への位階を昇りつめていった女　とあれから三十年
ついにはわたしを拒絶した父を　風の音物のずり落ちるさまにも　もしやなにかが　と心の安まる日もなく
会えない父をしのんだ歳月　そして何も突破できぬまま
すべての情況はそのままに終焉に向ってなだれ込む

まだ死ぬわけにはいくまい
その手を握ったとき嫌悪に似たものが
その容貌を走ったように思う
生きているということの　強烈な毒
もっと浄化されなければ
死ねない
死に近い人格というものは　あるものだ
わたしにはそれがはっきりと見える
少年にむかって帰っていく病人
わたしのまだ産れる以前の知らない　若い父の顔つきに

この世のケンというか邪気が
危篤状態の人の眉間にただよっているのが　不思議だった
年が明けて　父の顔からアクのようなものが消えた
その期は近い
カニババがシーツにしみ出すほどに溢れて
旅立ちの準備はすすめられている

あれははじめから病んでいた人だ　心の支柱を白アリに喰いつくされ人格が崩壊していったに違いない　とそれしか納得できないから　けれど自死した母の痛みは　わたしはこの重荷を墓場まで引きずって行くよりない　それなのに父が危急の時はいつも　激しい眩暈や動悸の予感で　からだをとおして距離を超えて　わたしに感応してきたつながり　慟哭し　わが身が死んでいくように悶える　そんな意気地ない己れに歯ぎしりして　耐える

今日はめずらしく気順の良い日です
今日いっぱいは病人も安らかでしょう

ながい六十余日の危篤状態の明け暮れに
意識不明の足元に近寄り祈ったこと
いろいろ有難うございました
そしてお許しください
もうこの因縁は終りにしてください
つら過ぎます
すべての因果をたち切り　ただ安らかに
そしてお互い身軽に救われたい　とそれのみを祈りつづける
狂いだしそうな重圧を振りはらいながら

二十年の歳月は長かったと言い得るか　なにを目安に　短かかったと言い切るにはなにを捨象すべきなのか　フィルムを巻き戻すと　うす呆けた映像にとおいある暮れがたわたしの住む物置小屋を訪れた　肥満してつややかな一人の老人が　居心地悪げに坐り　義理のようにそそくさと帰っていく　この世で父の意志や感情を見た最後の姿　更に現れてくる映像には　仏壇に供えるほどの小さな茶碗一杯

の　ごはんも咽喉を通らずに　ちいさく痩せこけて
いた　幼女期のすがたのわたし　そこに注がれる異
母きょうだいらの尖った眼差し　影のように動く母

血の絆の恐怖が　未来へ手渡す生命の
つながりを断ち切らせた
わたしの人生の　負《ふ》を決定的に支配した　巨大な男性
真に壊れていたのは　傀儡ではなく
傀儡師のほうではなかったか　と
父と子のかかわりかたも　ひとつのゲームには違いなか
　ろうが
親が先攻の駒を持つ　というかなしい摂理
二十年もただ一人の肉親をわたしからひき離し
表情もさだかに思いだせないほどの父の　死　は
愛着のつよいわたしに　血の執着を切り離してくれた
せめてもの神のめぐみであった

　葬って　向かう　全き孤りという法悦
そして　そこから

抱く

激しい雨のあとの黎明はほのかに残酷さをまとい
ビルのあわいにわだかまる墨いろの雲は
病箕のように遂に去らず　白い月の末路を匿す
軋《きし》る風景の内がわで
ひそかに冥界の戸を開けるように
血の疼く祭祀の聖壇をしつらえ
ただひとりの儀式のとばりをあげる
風は音たてず凄じく吹いていた

わたしは一個の紙包みに向き合っている
三十年を経てようやく手元に取り戻したこれには
この世にただ一枚の母の遺影が入っている
が　開くためにわたしは何日間を躊躇したか
少女の日死に別れたこの母の面影が
いま記憶にのこるそれと殆ど違いはないか
おののきが　長い歳月をかけめぐる
あの葬礼に飾られた写真

そしてその時以来　わたしはこれを見ていない

わたしが住んでいた家
荒涼とした屋根の下の薄暗い納戸のどの隅に
この包みは　どのように置かれていたか
三十年前に紙に包み込まれたそのまま
いま　わたしの手であけられるとき
年月は　どんな音たてて爆《は》じけるのだろうか
何故飾られることもなく収蔵されたままでいたのか
父が死にそんな必要のなくなったいま
ようやくこの手元に　戻ってきたのだ

ふるえる指先に力をこめて一枚の写真を　起す
どのように生き死んでいったか　わたしだけが
知っている母の貌《かお》
死後もわたしと共棲しつづけ　命のなかに引き継いだ
少女の記憶に灼きつけた母の貌がある筈だ
苦渋にまみれて滅亡した黒枠のなかのその貌がある　と
にじむ眼の裡で

わたしは色褪せた画像に焦点を凝らす
そこには初めて相まみえるかのような
無垢とあどけなさとに充ちた　三十九歳の母の
昇華しつくした解脱《げだつ》の表情が写っていた

このとき　わたしの三十年が確かに爆《は》じけた
むかしに見た　深い苦悩と老い慈悲の彫りは
いま　どうしたことか
わたしの産んだ子のように愛くるしい
写真のむこうから　こちら側へ
まわり込んでしまったわたしの歳月であったか

自衛とか　かけひきや嘘や慾　妥協など
産まれるまえに落してきてしまったような人
特異な性《さが》のあわれさを
あれは異星人ではなかったか　と
その酬われることない　うすい幸を
補ってあげられなかった幼さのわたしが
三十年の自責となってのしかかる

その面影は
笑えることのない人生に
笑っている　その分だけ不幸だった

父が　死んだからだろうか
母が　すっかり安心している
わたしが　生きていることはさらにまぼろし
黎明はうつくしく惨酷
愛はくるおしく作動し
その欠落を埋めようとするものか
たしかに人は　代償のし過ぎ
喘ぎながらわたしは復活の母を抱く

十一月の死

酸素吸入の下　呟くように唇をついた
海が見たい！
ひとつのことばだけが
しろい匂いの空間に
いく度か置かれ　浮んで　走った

極限の生命に濡れてみひらいた眼
海を　狂おしく求めた眼
病魔にいじめ抜かれた眼　に
すきとおった魂が裸でうつる

もうじきに死がやってくる　前の
いよいよ蒼みを増した眼球に
ぬれぬれとみひらいた黒い瞳が　間近かを告げる
みつめる　言葉のない
眼　だけが蘇る

海は　夜のくろい固形であったか
白い泡だけの波であったか
碧く澄みとおった　水であったか
誰も知るよしもない
死にいそぐひとの　海

あのようにうつくしい眼を　わたしは知らない
なんというのかあのようにおそろしい眼を
ひたひたと逃げていくいのちの余白
ついに見ることなく
あとはもう冬になるばかりの
十一月の海　夫は　逝った

海にさわることが好きで
日がないちにち波の往き来をみつめて過した
水しぶきが匂いが毛穴にしみた　原初のふるさとが
その時から
わたしにとって
つきものが落ちたように　色褪せたのだ

（『そこから先へ』一九八二年青土社刊）

詩集〈微笑する月〉から

煮えるまで

ビル風の吹き抜けていく細い路の突き当り
ほんの板囲い　屋根は天幕張り
うす汚い呑み屋ふうの　店で
雑炊を一人前　無理に注文する
この繁華街のなかでは
ほかに好もしい店はなかった

垢光りする木の椅子に腰掛けて
カウンターの内側で動く店主の親爺の
手元を覗きこむ
何かもごもご言いながら親爺は
煮えている土鍋のうえに卵を一個
器用に片手で割り落とした
ほかに客はなくて　いや

滅多に客などいないのだ
立ち昇る湯気の向うがわ
洟《みずはな》をすすりこむ音がしている

夜更けて　この路地へとビルの角を曲るたびに
一つずつ美学を捨ててくるのだ
わたしが日に一食しか喰べないことを
わたしの美学だ　とかつて言った人もいた
今夜は　花の意識を捨てた
昨日は何を捨てたか　思いだせない
むなしく貯めた歳月の切れ端しにくるんで
それが生きる営為でもあるかのように
ビル風に吹き飛ばすのが　ひそやかな愉しみだ
あやかしの石畳にびっしり書きこまれている
数式の記号を読みとるのには
この界隈は　暗すぎる

ほんの十数分
雑炊の煮えるまで

この天幕張りの店先きに坐っているのが
わたしにはふさわしい
〈お待ちどうさん〉
親爺が商売人らしくない手つきで
煮えた土鍋をカウンターに置いた
今日一日という嵩《かさ》が　この瞬間に溶ける
しずかに椅子を立ち　硬貨を置くと
うつむいている親爺の肩越しに
この店の背景に泛かぶ
荒涼とした原野に一瞥を投げ
店を出る　雑炊は食べないで
ただ注文をしたいがために
夜毎に　ビル風に吹かれにくる

砂に埋もれて

砂に埋もれていくのは
杭　であった

回廊の手摺りに凭《もた》れて
それをじっと見ていた
背後を人々がぞろぞろと通り過ぎていた
その人物たちは身体の中心部が
ぼんやりとほの明るく透けているのが
背後を振り返りもしないのに
見えるのだった
中庭の杭は　周囲の灌木と比べて
次第にその丈を失っていた

いつから
砂は降りはじめたか
砂は　熱い血の煮つまった場所から
こぼれ落ちてくるようであった

花は　まだ記憶の生れる以前から
咲いていたのだ
中庭を彩るのは
そのさまざまの花びら

花の閲歴
陽は激しく　影さえなく
花とはついに
関わりを失くしていた

背後をかたちづくる人物たちは
それぞれの　その核の部分に
穴をあけ
すべてが同じ顔つきであった
すでに埋もれて存在の確かめようもない
中庭の　杭は
砂の積る音だけを聴いているにちがいない
手摺りから両手を離すと
ひどく寒い　風が吹き抜けた

箱型宇宙で

飛んでいるのは　光りで

射し込むように見えながら　弾み
弾んでその先は急速に闇に豹変する
光りは　何処か一点へ向かいながら
その源でいつも眩暈《めまい》を巻き込み
拡散し　三角柱の蜃気楼をつくる
光りが闇と入れ替るのは
心象風景を通り抜けるときだ

光りは何処で生れ
どの岸へ向かうのか
日常と入れ替りに暗黒を飛ぶのは
食慾に似た実体であるか
高速降下するエレベーターのなかで
みぞおちを切り刻む　人類の学習的疾患
激しく咳きこむ孤絶の吐瀉物
己れを燃え尽きさせてくれるものを
転位する磁場と
まだ僅かに残っているかもしれない　何か
かきたてられるべき残像を

確かめ見た光りの一つ一つが
空茫へと消える
明るさも暗さも一片の時の切れ端し
すでに間に合わない　境界線を
跨いでしまえば
仕切られた右も左も
表も裏も
生も死も　ひとしなみに等価に
箱型宇宙の小世界で
すべては
なるように　なって

ずっと時を経てからの

少女はブランコを漕いでいる
空中を飛びまわる眼球に
身体がついていけない

もどかしさがいっそうブランコを揺する
握りしめた鎖と掌との隙間で
汗がひゅうと音をたて
せりあがる風景とずりおちる風景との
反転の一瞬の静止
なにかがはげしく騒いでいる
地表数メートルに身を離すと
揺れているのは鎖ではなく
地の表情そのものであると

陽が翳ると
少女はブランコを飛び降り一散に駆けていく
遠くに何を見付けたのか
うしろで
板にぬくもりはまだ残り
掌のあともくっきりと
誰も乗せていない鎖の揺れはなお激しく
余波は　いっそうざわめいている

そんなことに気付くのは
ずっと　時を経てからのことだ
絆のような鎖をぶらさげてあるあの横木の
そこから放散する無数の力学
その力点のはざまに
少女は消えて
繰り返し　陽ばかりが
傾いては
沈む

行方《ゆくえ》よ

支えきれずに
突然　折れ
積み重ねた雑多な歳月が
果せないでいた約束が
折れた主柱の　無残な断面で
乱反射する

保ちきれずに
爪がはずれ
疼きもなく　日毎
ぱらぱらと髪が　抜けていく
押されるように
昇るか降りるかしかない
階段の　踊り場

産れた日から
積み上げていくものは　喪失
その空室に充塡《じゅうてん》する
代償を　追い
縁《へり》から　踏みはずし
誤差の海へと
投げだされる

一人一人いなくなっていく庭は
にわかに広く

空に重たげに浮かぶ　白
帰るところは
あの肉厚の木蓮の花びらの
散る　根方

表わしきれなかったもの
幻影も　記憶も
時間の灰汁《あく》も
小さく　幾重にも折りたたみ
心房の鼓動の　ますます奥に
匿《しま》う

或る日に
熾《さか》る坩堝《るつぼ》から引き出され
かきまわされる　骨のかげから
純金の歯よりもチカリと
烈しく発光する
ものを
箸を合わせて骨を拾ってくれる人も

気付くだろうか

そとへ　追う

日没が　積み残していく荷量
塞がれた場所を　ながい吐息が覆う
追いつけないのだ
日日の果てに追うことだけが意味となっていく
限られた生きものの時空
死ぬときもいちばん後列で　わたしは
死ぬのだろう

自己の死は立ち会えないから
他者の死しか
認知できないから
死はついに予期恐怖でしかあり得ない　から
手と足をばらばらにはずす
さるぐつわも取りのける

びっしり詰った予定表を裂く
いっそ額縁の景色のなかが住みよいから　と
油彩の部屋に落着く
いきなり壁から　なつかしい人影が現れ
つつつと斜めに躄《いざ》って　物入れの中へと消える
幻視とはいえ
影はドアから窓へ抜けてくれればよいものを
夜には　正餐と精算を
朝には　瞑想と迷走を
夕《ゆうべ》となれば旋律と戦慄を

辻褄を合わせ
声をたてて　笑う
笑うたびに殖える
クローン人間を　潰す

日の出は　繰返し見てもいいものだ
わたしの立つ場所が　内部の眩暈と重なって
太陽へ向けて　廻っていく
たしかに地球は自転している

闇に隠蔽されていた物たちが
一つ一つ目覚めて　立ち上る
建物に　窓に　人に　なる
焼けはじめる空
凄絶な赤　漂う殺気
だから事件は到るところで
条理を立てずに　湧く
雲のように　虱《しらみ》のように

自転の速度に
積み残されていく　愛着のかけらは
釦や布きれのすがたで
燦々と散らばり
足の踏み場もない時間から
思念のそとへ
追う

畳と紐

紐を　ひきずって歩くのは
幾世代もまえからの家憲のような癖で
先端はいつも畳のへりをこすり
捩れ　ほつれて畳と畳のつき合せの
ひとすじの隙間にひっかかる
謀叛がそのとき　小さく叫びをあげる
隙間の中へ逃れこもうとする紐の組織
隙間の下部に巣喰うのは安息か
たぶん　習俗などに押しつぶされた祖母たちの
脂汗も　やにのようにこびりついているだろう
畳の上にあるのは他愛ない日常で
編み目につまった観念なども
時折り　拭いとってみせるのだが

畳の上の舞台では
宴や酒席が張られ
まして掌をべったりついてお辞儀する　その手で

足裏の冷や汗を舐める
因習や権威の咆哮が
夜毎　海鳴りのように繰返すなか
不潔恐怖症は
腰紐や　羽織りの紐や　靴紐
ときに天から降りてくる　仕掛けの紐を
終りなく洗い流す

母は　どのように紐を操っていたのか
隙間の下部の根太や縁の下の
置石などもつき抜けて
さらに暗黒の深奥へ向けて
ひそかにそれを　垂らして
はだしの足裏が擦り合う不可解なぬくもりは
母たちからの未来通信
ただ　それが解けないだけで
解けないままに世紀を重ねていたのだ
手離せば　紐は咽喉笛にからみつくだろう

拒否すれば　血の流れゆく先がない
紐を伝わって少しずつ
涙は　縁の下のせかいへと沁みこみ
湿り　べとついた上表では
いつも生きものの
紐は　はねる
我執や相剋をないまぜに
弯曲した鏡の面をいろどる一場の
遊園地の不思議館の
光景のように

心の温度を追ってみる

朝焼けは　はげしく
ものの輪郭をくまどりながら
壁面やガラス窓をあかく染めあげていく
人影は無かった

一日中歩きまわった
なぜ　まったく人と出会わない都市
狂乱しながら電話機を握る
警察も　病院も　知人も
ダイヤル数字だけで
声は無かった

やっぱり
この土地には　人が
棲息していないのだった
檻を取りはらった自然動物園のように
動いている　歩いている
人面みたいなものを着けてはいるが
獣身で　獣心で
言語を持たない
時間も動いていないかのようだ
どの家にも忌中の貼り紙が
端がめくれて　風に揺れている

一枚の立て札があった
《人ヲ愛シタ者ハ刑ニ処セラレル》
その下に処刑の位相と命運が　星図のように
ことこまかに記されてあった

ああ誰もが愛したんだ
ここは　人間の業が阿修羅となって咲いた　跡
かれらは人の顔をしていたのだろうかと
その心の温度を追ってみる

躓いた石ころが
玉突き状に転がっていく
化石となった血糊や怒気や
涙や言葉にぶつかり反転し　ふくらんで
みるみる巨岩となり
崖を削ぎ落とし　地煙あげて転落する
いざり寄って覗きこむと　谷底に
一枚の女が　横たわっている
情念も思想も色彩も

ことごとく蒸発して
紙ぺらの薄さで

落としていった影

高層ビルのこの居住区では
たぶん　わたしひとりしか住んでいないので
天井裏の大小無数の配管群は
その繋がるべき行先きを失って
途切れたままだ

帰属していた内部から
がんじがらめの秩序が謀叛をおこす
駆虫剤を飲みこむと
腸壁にしがみついていた虫たちが
苦しまぎれに這いだし
心室の襞の奥にたたみこまれて
持ち歩いてきた　未練　も
呑みこむ熱い業火に追いたてられ
さまよい出ていく

石だたみに点々と落ちているのは
みみずのなきがらか
汚点《しみ》のようなその折り返し点から
いま来た道のりを巻き戻そうとする
堕胎の情念に似た
その不毛
女ではなく男ではなく
もう一つの性があればよかった

開かない窓のガラス越しに見る地表で
うごめいている　影たち
耳を圧しつけてにんげんの声を聴く
音より先にそれらの犇めき合いの
発散する熱気と異臭が
非常階段を伝わって昇ってくる
この最上階で立ちのぼるのは飢餓
床や壁という　建物をかたちどる容れ物を

一挙に取り払ってしまえれば
宙空の一点に漂う　わたしの所在

或るとき　開かないはずの窓を風が吹き抜け
わたしの掌のなかの　部屋の鍵を
まるで薄紙のように空に舞い上らせ
かわりにずっしりと　わたし自身の影を
部屋いっぱいに落としていったのだ

九月
――踊り場

激しい夕立ちの駆けぬけたあとは
風景の上皮が一枚　剝がれる
洗われた光りに言葉があって
円や四角の記号となって　飛び交い
ものたちの輪郭は　足場を主張しようと
くっきりと青味を帯びる

いっさんに駆け昇ってきた背後を
ふと　振り返ってみたいこの衝動は
小さな窓ひとつしかない階段の
踊り場という
平らな矩形のせかいに射しこまれた
通りすぎてきた日々の　耀き
楔型の濃い残照の　せいだろうか

温度が　目盛りからこぼれていく
鮮やかすぎる四囲の陽射しは
とつぜん　世界が分解してしまいそうな
予兆を内包し
この　かこまれた
落差のはざまのような
階段の踊り場で
息をころし
それから空の窮みへいっきに登りつめようと
秋は

宙吊りの身を
引き締めにかかる

――広場で

幼女は　砂場に舞い落ちた
木の葉を拾いあつめ
若い母親はブランコで揺れている
ジャングルジムからおちる幾何学模様の影
少年たちは陽灼けした両腕を高くかざして
手にした白球を中天めがけて投げ上げる
指の先から夏のぬけがらが宙に散る
遊びに熱中する者たちの頭上で
秋が　ゆるく動いていく

幼女は並べた木の葉のうえに砂を盛りあげ
少年は受けとめた白球の重みにたじろぎ
どこが境い目なのか
広場を見おろす給水塔の高い窓や
ベンチに掛ける人の頬が
昨日と違うのは
たぶん　光りの角度が変ったからだ

巻き戻しのできない時間の裡で
少年が投げたのは
たしかに白球だけであったか
幼女が盛りあげたのは
ただ砂つぶばかりだったのか
静まりかえっている長い滑り台の
その上から滑り降りる　着地までの間に
ふと垣間見せる異相は
一瞬のうちに
空の高みへと吸われていく
秋の粒だ

――彼岸から此岸へ

城跡の丘にある共同墓地で
野花に添えて伝統の菓子などそなえ
見知らぬ祖先の風貌に掌を合わせる

そのむかし　志を同じくした者たちが
運命共同体のように　眠っている
苔むして傾き連なる墓石の群れ
風化しかけた碑文を　読みあるく
枯れた夏草を踏んで丘の端に立つと
眼下で　街は　午睡から醒めたように
色めきはじめていた

帰ろうとして　径《みち》を探す
径はとうになく
朽ち葉がぶ厚く積り
そこ此処で出遇う武者たちは
鎧兜にそれぞれの紋章をつけ
石の蔭からじっとこちらを見つめている
手向けた香をたよりに街道へ出ると
すれちがいざまに手渡された
結び文
媼《おうな》と見たのも　まぼろしか
遺伝子に組みこまれ伝承されたのか

わたしにそっくりな爪のまるみ　貌かたち
茂みから鳥は飛び立ち
過去の巣へと帰っていく　が
かしいだ墓石の隙間に詰った枯落葉のように
わたしは
めまぐるしい変転のただなかへ
この身を　はさみ込もうとする

夜どおし　分岐点の駅の操車場で鳴らす
かわいた汽笛を　聞いた

——風の声

木々は呼吸を細めたろうか
しだいに見透しをよくする夕暮れの空に
追われるように
胞子が淡く飛んでいく
何処へ行き着けばいいのか
やがて　木は褪せた緑をすっかり落とす

入れかわりに人の世の騒擾《そうじょう》が
その空白を素早く埋めるのだろうが
指先に沁みはじめる　秋冷

夜に　嵐が激しく吹きすさぶ
換気孔の狭い空洞のなかで
すさまじい唸りをあげて　鳴りひびく
捨ててきた愛たちの
嬰児のような　哭き声だ
わたしという住人の情念のすべてから
あらゆる過去をも取り込み
罪業のように立ちのぼり
膨らみきってついに身動きならないもの

追いすがるうねりの合い間の
ふとした　沈黙
それから急激にはじまる
《革命エチュード》に似た　風のソロ
華やいで疼く　傷

眼には見えず色を失い
白さばかりに近づいていく
感性と理念のあわいに舞いこんだ
いちまいの木の葉の楽譜　ショパンよ

微笑する月

宙天に浮く満月に届きそうに
白い雲が　城のかたちに
ぶあつい手を伸ばす　その果て
青黒く空が冴え

そうして
なるようになった　すべて
音もなしに巡り来ながら
変容の　あたらしい断面を
見せていく
歳月

苛酷な

高いプラットホームから
最新型電車の入り口へ　跨ぐ
異様にゆがむ広い空隙を
越えるたびに
靴底からはがれ落ちていく
等身大の懐疑
鉄路の側溝に積み重なっていく
暗鬱な錆
殷懃《いんぎん》無礼な入口

万人の渦が
滾《たぎ》っていても
この地上に
人口　は
少なすぎる
人々の背に押しのけられながら
いないにんげん　を

探す

まるい月から
白い雲は
ずっと遠退き
柔らかい海になった
やさしい海岸線を
天空に引いている
その砂浜に
誰か人は歩いていないか

病院　を出て
美容院　へ行こうと
エレベーターに乗る
乗り合わせた見ず知らずの
三歳くらいの男の子ひとり
まじまじとこちらを見つめ
やがてひとこと
〈床屋行くの？〉

かるい戦慄が背すじを走り
美容院　には行かず
理容院　へ入る
理容院　を出て
療院　へ向かう

挟まれたりしないように
紙挟みの止め金や
エレベーターや満員電車の　扉に
昨日と今日の日付けが
入れ替わる一瞬の　空白に
こぼれ落ちたりしないように
車輌や昇降機と
大地との　隙き間に
俗界という地割れの　奥に
さあ男の子
すり抜けておいき

現実は
すでに過去
虚構で組み立てられた
むなしい共同の幻想に過ぎない　と
自分にゼンマイを巻きながら
瞠きながら
死者は眠る
見透す眼は
射たれ
甦れず

せかいは　未明の胎
けだしせかいは
無明の畢《ひっ》
あらゆる価値が溶けていき
もはや来すぎてしまった　にがさ
未知の　意味のために
灼けて

チベットのようにうすい空気を

吸う
わたしには
見えるものしか見えず
聴こえるものしか　聴こえず
感受できるすがたしか
わからず
透けた一本のクモの糸の先で
細々とつながっている
ふたしかな
この　限界
有限な
実在　よ

満月は　黄ばんで
ビルに届きそうに
おりてくる
笑っているような貌
何万年も見慣れた月の　嗤《わら》いが
ややあって
土中深くへと
おちる

食べる

サラダを食べている
女は　セロリの鮮やかな切り口にうっすらとにじむ
ほろ苦い確執を　嚙む
糸状キャベツの減量カロリーを　吸う
ときに唇についた液汁を舐《な》め
小さく息をつく
大盛りされたさまざまの草のたぐい
カットグラスの食器に映る屈折した無数の影
日常はマヨネーズの味
頼りなさの原像を追うなまの正体
塩をふりかける
箸を使って食べる

二本の棒の先から繰りだされる
あやとりのあえかな幻影
フォークは突き立てる野蛮な動物の指で
ナイフはきらめく殺戮のてだて
スプーンは間のびした単調な掌　にすぎないから
それらを忌避し
花開かず摘み取られた
見知らぬ草原の細片を口に運ぶ
エシャレット　スウィートキャロット　レタス　オニオ
　ンスライス
パセリ　ラディッシュ　ブロッコリー
陽のふりそそぐウインドガラスに映る
ひたすらに食べる姿勢

別な女が
また　それと別な女が
見ていた

食べおわると
少女になった指先で
コップを持ち直し
太古の冷えびえとする時間を湛えた　湖を
いっきに飲みほす
そして女はすっきりと立ち上がる

時間は戯れて

一九六五年に取付けた電話が
一九七五番だった　ので
六五番なら年号と同じでいいのに　と言うと
じきに七五年になるさ
一九七五年を覚えておけばいい　と
その人はこともなげに言った

其処へダイヤルをまわすとき
いつも脳裡をよぎるのは
一九七五年の眩しいせかい

十年先は　いったいどうしているだろう
何処に　何をして
生きているのかなあ　という思い
ローン　貸付信託　社債　年金………
五年　十年　二十年先の約束はつらい
わたしには一年先のことも考えられない
来年の計画などたてたこともない　のに
その人はこともなげに言った
十年なんてすぐ経つさ
一九七五年　と覚えていればいい　と

六五年六六年七〇年と
月日は過ぎたが
一九七四年の晩秋未明一時五〇分
遂に七五年を迎えずに
その人　夫　は逝った
一九七五年は
存在しなかった

わたしだけの一九七五年に一九七五番のダイヤルを廻す
主のいない電話のコールサインが
時間の空茫を響かせて
ただ鳴りつづけた
もう少し生きつづけてみようかと　わたしは
一九八五年に
一九七五番のプッシュボタンに　指で話しかけている

駅

鉄路がゆるく曲っている
ローカル線の　さびれたプラットホームのむこう
森閑の樹々の緑にひぐらしの声が吸われて
プラットホームは等身大だ
たとえ線路に墜ちても
脛ひとつで登れるほどの　低さ
折しも　サイボーグがかたかたと歩いてくる

仮面人間が肩をたたき合う　手を揉む
人間のかたちにくぼんだ木製の
ホームの長椅子に　腰をおろす
未来語で何かをしゃべっている

彼等にまぎれて列車に乗りこみ
垂直に立つ木製の背凭れに　頭をつける
と始発駅へ向って　それは走りだすのだ

ぶあつい年月を乗せた　風が飛ぶ
否応なく　風景は裏返える

駅へ着くと
構内の遺失物陳列所に　並べられている
経木づくりの　平たく小さな
あいすくりん　の箱やヘラ
発車ベルで走りだす汽車の
窓へ　駆けながら釣銭を手渡す
弁当売りの指にはさんだ　小銭類

山合いのトンネルに走りこむとき
その窓からどっと　吹きこむ
煤煙の臭い
トンネルを抜けた明るさに　揺れていた
山百合の　きつい香り
夜汽車のレールの継ぎ目におちこむ
あの　昏い繰り返しの音　などが

安い値札で
売られているのだ

花もよう

あれから　もう行くことはないあの一室の　袋戸棚の
奥の隅に置いてきた　女の　花の蕾もようのネグリジェ
は　どうなったか
　男は　汚いものを持つ手つきで　紙袋に押しこんで
焼却場へと運んだか　こわい存在のように顔そむけて

傍らをすり抜けていったか　すっかり忘却の死角に　葬り去ってしまったか

時を経て　その建物は　深夜の放火魔の炎に　焼けおちた　と聞いた　紅蓮の炎は　あのネグリジェのある絶対空間を　熱い舌で喘ぎながら　匍匐兵士さながら取り巻いていったに　ちがいない　灼熱の明かるさに　焦げながら焙《あぶ》りだされていった　ものは　その女の何で　あったろう

男と女だけではなく　もうひとつ別の性があれば　よかった　一対一の関わり　点と点を結ぶ線は　面がない三角の頂点を支える面は　定まっている　第三の存在それは　神であり仕事であり　子供やら逆境やら　それらはいつも　目隠しされているが　情念のほむらに焙りだされたときだけ　うっすらとネガの輪郭を　浮きあがらせる

祭儀には　炎こそがふさわしい

男はただ　遠去かり　まぼろしの女は　花の蕾もようのうすい布を抱いて　その亡びの現場に立ち会って　いたのだ

袋戸棚の隅から　交された嘆きと悦びを　女の空間に刻みつけて　いたのだろうか　男と女の劇の髄液を　吸いあげて蕾から大輪に開いた　ネグリジェの花もようの　かずかずを

半分でいい

夜半　帰宅すると　隣家の入口の扉に　吸いつくように一つの物体が　うす暗い視界に眼を凝らすと　それは　しなやかなひとりの女性で　足は宙に浮き　ドアに吸いつくように立っている　コツコツ　コツコツと扉を叩き　キンコロンとランプを押す　見てはいけないもののようにたじろぎ　目をそむけてわたしは　家のなかへ　耳を澄ますまでもなく聴こえてくる　押し殺すようなその音　の断続　わたしの不安は高鳴る　ゴミ捨てに出ようとして何度か　ドアを開けかけては　しめるうす暗がりにそれは　軟体動物のように　西洋長屋の隣家に貼りつき　立ったままだ　一時間　二時間　聞こえている　血を吐くような音　四時間　五時間　情況はす

こしも変らずに　と　かすかに喋る声が夜気の　静寂を裂く〈お願いだから開けて〉〈開けて中へ入れて〉〈ちょっとだけでいいから開けて　お願い〉　ふりしぼる哀訴　それに扉越しで答えている低い男の声　しかし鉄のカーテンは微動だにしない　扉から離れたらしい男に　ノックの音は高くなった

　ついに朝　傍らをすり抜けようと廊下を通ると　泪の眼が縋るように〈おさわがせしてすみません〉と　言うのだ　可哀そうに　思わず立ち止ると〈どうしても開けてくれないもので　中に……女の人がいるらしいんです〉　もうお帰りになったら……とそれしか無い言葉を呑みこんだ　扉の内側に起っている彼と女とのドラマが　かつて何度か心奪われた己れの場面とだぶって　磁石のように　扉に吸いつけられたまま　離れることができなかった執着の化身　見ればまだはたちになるかならないかの可憐な女性　ローズ色のTシャツ　白いパンタロンにポシェット　かぼそい首すじ　スリムな腰　ひと夜じゅうドアを叩き　男の心臓を叩き　裏切りを叩き　非情を叩き　扉にのりうつった人型の己れの影を　叩き　叩きつづける白いこぶし　なんと八時間　よくまあおなじ姿勢で　遂に扉を開けず拒みとおした男もまた　扉のむこうに　引越してきたばかりの見知らぬ男の恐怖にひきつれた貌が浮かんだ

《キレイナ林檎ハ半分デイイ
好キナ貴方ガ半分欲シイ
貴方ノ愛ガ半分欲シイ
全部ハイヤヨ
全部ハコワイ》
美しい歌い手が　むかし　唄っていたけれど

消えた

　風の強く吹く日は　本がぱらぱらとめくれる　さらさらと紙がちぎれて　舞う　道端に並ぶ自転車が　前輪は立ったまま　胴体と後輪だけが倒れる　片足あげて転んでいる人の　恰好に　四つ辻のゴミの袋の口が開き　中

の紙きれが　飛ぶ　消える
梃子を使うと　墓石の下の石蓋が　わずかにずれた　それからは指をすりむき　腰を痛めてのひそかな作業だった　ようやく　黒い口を開いた穴ぐらへ　石段を降りていく　カロウトの中は土くさいしめった匂い　ライタァを擦る　並んでいる　骨壺が　こんな所でさえ　先祖のいちばん端に　母は小さい壺で並べられて　ふりつもる時間の塵をかぶり　息も止る空間に　寂《じゃく》として

　少女のわたしが　救うことができなかった若い母　ひとりのふしあわせな女　のあわれさに　三十年の自責にさいなまれつづけるわたし　が　ふりしぼる血の筆でしたためた鎮魂歌　を携えて墓穴のなかに降りていく　これしかできない　そのために書かれたこの詩集を　母の骨に添寝させることだけしか　不肖の娘がおののきながら　母の壺の前に　それを置く　より近く供える　理解されるわけもないこの密儀

　数年後　父の埋骨の日　その石蓋は開けられた　墓守りや　親族の当然の誹《そし》りや驚き　叱責を予期し　受刑者のごとく　参列するわたしに　埋骨の式は進められ　墓穴を昇り降りして　父の骨壺を安置する墓守りたち　覗き見守る人々　後列に頭《こうべ》を垂れるわたし　にだが誰も叫びも悲鳴も咳ばらいすら立てず　粛々と地を這う読経の声だけが　呆然と立つわたしを包んだ

　そんな筈はない　あの鮮やかな本が　春の光りの射し込む午さがり　誰の眼にも見えないなんて　あれからよもや人が盗み出す筈もないカロウトの中の　骨壺の前の　本が消えるなんて

　なにごとも無かったように石の蓋は閉じられ　かたくセメントで塗り固められる　春嵐が吹きすさぶなか　もう　この家は絶えたので　再びこの石蓋は　開かれることもない

　あれは　きっと風の強く吹く日のことだ　聞こえる聞こえる　密閉されたカロウトの中を吹きまくる　風の音　本はぱらぱらとめくれ　さらさらとちぎれ　歓喜の母の骨がそれを食べているのだ　跡かたもなく食べつくして　人間の視界から隠してくれた　親族の非難の場から　守ってくれた　わたしの　母

（『微笑する月』一九八六年思潮社刊）

詩集〈絶章〉から

待つ

少年　というよりは幼児
それよりも童子　さらに嬰児　胎児
あるいは胎児以前の
ぶよぶよとした塊
のような内部　であるその人は
わたしがはじめて会ったような
そんな貌《かお》をして

朝の光りを背に
眼差しがせんさいに揺れる
やさしく立ち去らない　ふっきれない糸
むりに断ちきり足早やに
少年が　踏むとドアーはゆるく開き
振り返った顔をそのまま外へ

唐楓の葉群れにあそぶ　光りをくぐり
これが別れ　か

さいごの凝視はひどくちぐはぐで
交わらずに　放射する
わたしは棒立ちのまま
時間が頭上を跨いで
追い抜いていく
手をつかねて　立っている

彫像のような掌
少年は　まっさらに無垢でもあり
老いて退行したようでもあり
非情な光りを放つ　切れ長の眼に
きのうとあしたがせめぎ合い
きつい火花を散らす
深海の碧に染まったうぶ毛
たっぷりの歯　口唇
生まれたてのような　弾力

大地の熱を吸いあげ蓄えた
干し草の奥のむれた温み
内部発生する　菌類の
かびくさい繁殖
抛物線を描いて生きる
にんげんの源流の　営みの
どこか極点で
擦過し
燃えあがった　束の間の
火柱　宙を焦がす
それは身のほど知らずに正直だった
恋情

かぼそい少年は
球体であった
幼年を背負い
老年を予兆し
宇宙と微生物の秩序態を内包し

さらにとおい祖先のＤＮＡもインプットして
すでに地上に溢れている
徒労の瀧は
発光してなまめく　襞の折り目
に沁み入っていく
生命のカーヴの交叉を　ふたたび逸れて
もはや異なる方角へと
引き返せない道のりを
いそぎ足で去っていく　異なる生きもの
奇蹟は二度起こらないので

夜の茶房に
その人は現れない
いつもの人待ち顔が　声が
きのうには向かわない
来ないだろう
来るはずはほんのわずかだ
行こう

彼の眠る処へ　眠る場処などあるか
もうこの世にはいないのだ　と
確信する
それでも待つことが好きだった
待ち呆け　待ち呆け死
心がたまらなくふくらんで
大気がただおいしくて

鍵師来る

出先で　鍵を失くした
這入れない
深夜の自宅
合鍵はどこにも預けていないので
たった一個の小さな金属
生活を止めてしまう
重大なキイ
今夜の足どりを　舐《な》めるように
辿ってみたが
それは見つからなかった

びくともしない鉄扉
気付かなかった
完璧な拒否
扉一枚のすぐ内がわには
ちがう匂いの空気が
流れているのに

わたしの影は　しなやかに折れ曲り
ドアの隙間をかいくぐり
わたしの食べもの
わたしの下着
いま必要な　もろもろの思惟を
サイドボードからつまみだし
さらに屈折し屋外へと出てくるのだが
実体のわたしは
こうしてここに　憮然と佇ち

厳冬に吹きさらされて　夜を過ごし
ようやく探しあてた
鍵師
マンションのくらい廊下を
ひたひたひた　と歩いてくる
針金やペンチ　七つ道具の鞄を提げて
予想に反して穏やかな頬
やわらかな眼の光

その男
やおら　道具を取りだし
指先と針金と小道具と鍵穴との　格闘
何やら　芸の域
器用な手許に不思議があやなし
天性不器用なわたしは　呆気にとられ
いきなり手品師の手先から
金の鳥が飛び立つ
開いた

扉

叩いても押しても微動だにしなかったわたしの非力に
どこのカギもおおかた開けられるという怖さ
都内に二千人はいるという　鍵開け師
金庫もくるまも大邸宅も
玉手箱も　ハートも　男女の符牒も
《よほど熟練がいるんでしょう？》
《ええ　こういうことが好きだもんで》

掏摸の指先ようの特殊技能　高収入
どうしてこの職を究めるようになったのかと
そればかりが興深く
聞きたいわたしの眼に　背中を向け
もう夜明け近い廊下を
ひたひたひた　と帰っていく男の
猫背に　手を合わせ

こんな職能

あっては困るがなくても困る
メカニズムの文明
ダイヤル数値式指紋式の暗号には不備も多く
この　原始的な　たいせつな
鍵の　一個
人類の大昔から凸と凹のめくばせの合意
その掌に入る小さな鍵を
今日　はじめてのように
わたしは　洗う

或る必然に

初夏には鳴きはじめてしまう鈴虫
厳冬のなかを飛びまわる蚊の群
「気」のざわめきは
いつも何かの裏がわにひそみ
自然はめぐるのではなく
死　はいきなりにやってくる

女が年老いることは　華麗な転身
あでやかな解脱だ
と　男は言った
言った男のささやかな「情」
死んではじめて明かされる
人間の生のいきさつ
または　死んでのちも
何ひとつ語られはしない人生もあって

雨が　しげしげと降る
自死以外はどんな死も　殺されること
すべて他殺だ
病いも事故も
もしかして自死すらも　何ものかの力によって
選ばせられる

成熟の転身を待たずに
ひとりの女の友が逝った

いのちは　いきなりかき消える
長く患っていたとはいえ
それは　偶然の拉致のように

いつも少女のようなキレイな声をしていた
声帯を摘出され
咽喉を抉り取られ
腸間膜を張りつけられて
水の一滴も嚥下できなくなったひと
《麦酒とお寿司を食べる夢をよく見るの》
と病床から書いてきた
声を奪われ　死ぬときまで書きつづけたはずの
宛名のない手紙の　束

〈いのちは　ふいに死ぬのね〉

亡城記

真夏のしたたる熱気に巻かれて
石搬びや濠造りにかり出されたであろう人夫たちの
圧しころした　ざわめき
油蟬の声だけが
あたふたと駆けぬけていく戦乱を横目に
この丘に充ちた
夏草茂り　枯れ　また茂り
甲冑武者らはすでに死に絶え
五百年が過ぎ
忘れられた天守閣に吹きこむ風もまた
とうに時間の呪縛から　のがれている

夏こそは　城跡
背凭《もた》れが垂直な木製のかたい坐席の
銀河鉄道のような汽車に乗りこみ
途方もなく増殖しつづける街から
生を抛げうつかのように離れてきた

もえさかっている　夏草
鳴きさかっている　油蟬
あるかなしかの径を辿《たど》って
この天守閣に登りつく
あとは　時を失った
風を　感じとるだけであった

望楼の手すりに凭れて
はるか眼下の風景を見る
ふと風にまじったかすかな
女の叫び声を聞いた
使役に疲れきった人夫の
杣屋《そまや》に残した嫁たちの声
ではなくて　石垣の隙間の
奥深く閉じこめられた
女という営みごとの積みかさなりがつぶやく
ひそやかな声
手すりに置いた自分の白い手の甲が
このとき　いっそうかなしく見えた

風は　とりわけ涼しかった
ふたたび土のうえの小径を辿り
タイムトンネルを抜け
炎暑に灼ける高速道へと帰るのだ
朽ちた大手門あたりを抜けると
夥しい軍勢のどよめき
次元をたがえた果て知れぬ　陶酔が
この城を包囲していた

初冬に

街では　鉄骨鳶《とび》職が
ひょいひょいと細い足場をわたっていた
建設中の高層ビルで
木枯らしにはためきながら
宙空でコーラを飲んでいる

帰りみち　弁当と熱いカップ入り味噌汁を買う
いっとき安堵するために
たとえ捨てることがあったにしても
それまでを　食べる期待にすがって

壜詰めの水を　買う
親水性とかミネラル値とか　硬度とか
水の流れとは何だろう
雨が落ちれば生き生き目覚め
夜毎の月光浴につやつやかな味を増し
合流点で透明に揺れていたフィルムのような水

食欲のない弁当をかかえ家のドアを開く
壜の水越しにゆらぐ　江戸千代紙人形
そののっぺらぼうの白い顔
無い　目鼻立ちが
妖しい表情に動きだす
悲しみ　笑い　そして語る
口のない顔　眼のない白さ

視野の隅にひそと立つ
受動態の情炎の　その能動
何処から何処までが行動の足場であったか
あいまいさ加減にあふれたこの習俗のなかで
ファジイ理論とかをそっくり
コンピューターに採り入れてしまって
あの鳶職人の足運びとバランスは
すでに千代紙人形のなかに取りこまれている

もっと別の

まずしいので
わが棲家を少しずつ食べていく
柱を食べる
壁土を食べる
土台を　眺望を　日照を　食べる
歯齢を削って生きていく

時間貧乏
体力貧乏
血縁貧乏
そして別荘も車も
ハイテク電化製品も
いらない贅沢

酸性霧を浴びて
枯死していくのは　自由　尊厳
それなのに追求される$1/f$ゆらぎなんて

価値観を
いっそ根こそぎくつがえしてみる
どこかに重大な誤謬《ごびゅう》がありはしなかったか　と

それから　わたしは眠る
どんな姿態で眠るのが
もっとも人間の風景にふさわしいのか
誰も想像できない姿かたちで
いっとき　わたしはゆたかに眠りにつく

担いでいた袋

夜更け　塵芥を大きなポリ袋に詰めて
四つ辻に捨てにいく
闇のなかに眼を凝らすと
巨きな頭陀袋を担いで
むこうから男が歩いてくる
あれは　大國主命《おおくにぬしのみこと》にちがいない
そういえば　因幡のくにの細道でも
いつか　大きな袋を背負った男と
出会ったことがあった

土鍋　石斧　杯と皿
瑣末な世帯道具いっさいを袋に詰めて
炊事当番の大國主命は

兄神たちのあとについて
エッチラ　オッチラ　旅をしていた

ひょっとしたら　彼が担いでいたのも
路肩に出すゴミ袋だったのではないか
捨てたかったのかもしれない
詰っている日常を　だが捨てきれずに

古代から　現代にまで持ち込んだ
その後の幾世代かの思想を詰めこみ
チャンスが見出せないまま
それは　福袋になってしまったが
人間が　現代から未来へと永劫に
営営と背負いつづける
肩書きやライセンス　重くるしい資産など
もしかしたら
捨てようとして担いでいたのだ

ふと　かいま見た巨きな頭陀袋のなかには
わたしの　つげの櫛
紅を容れた貝がら
ポシェットや　お話までするロボット人形たちもいて

あの男は　袋を担いだまま
くるりと踵《きびす》を返した
予想だにしなかった局面で
きわどい背反
脳みそに櫛の歯をいれられたように
わたしは　醒めた

まばたきする間に

大学病院のモダンな高層レストランから
真夏の国立競技場
プールを見下ろす
水面をきる腕　白い水しぶき
回転飛込みの妙技

シンクロナイズの揃った脚
強烈な陽に肌を灼く若ものの群れ
三十年を経た東京オリンピックという祭典の熱狂が
つい昨日のことのように
いま病を得て見上げる
抜けるように蒼い空
誰もが見た陽の輝きはそのまま
半世紀前の終戦の日の午さがりにかさなって

すべては一瞬のまばたきのように過ぎ
それでいて　ぬきさしならない重みを
かけがえのない彩りを
時間は呑みこみ押し流す
さまざまの煉獄を経てきた　と
人も獣も草木も　攝理のなかに
老いる

空欄のまま

焼夷弾の無差別投下に燃えさかる市街地の
火焔の隙間を逃げまどう人の群れのなか
ふと見上げた焦熱の天空に
ふわりとただよい落ちる　白いパラシュート一つ
地上の高射砲に不運にも命中した爆撃機から
間一髪の脱出をなし遂げた　兵士だ
だが　やがて
着地の時点では彼もまた
みずからが投下した火焔地獄に
仕様ことなしに　墜ちるほかはない
空をゆっくりと舞い降りながら
そのとき彼は　何を目撃したろうか

翌日　焼け残った校舎の教室で
隣の席の少女が　机につっ伏して哭いていた
両親も姉妹も家もことごとく
一人の少女を残して

一夜のうちに消滅してしまった
その肩のふるえ　うちひしがれて泣きつづける
小さなおさげの髪
被災の惨禍をくぐって登校してきた級友たちが
少し離れて　なすすべもなく見守っていた
そのわずかで遠い距たりの空間が
鮮やかな画像として　今もよみがえる
あれからどのように生きたか　あるいは………

数年ごとに送られてくるクラス会の人名簿は
何人かのきまった名前の下が　ずっと
空欄になっている
不明のままだ
パラシュートで落ちていったあの兵士も
故国ではたぶん
存在証明が空欄になっているだろう
兵士はなぜ死ななければならないかを知っていたろうか

なぜ　戦争という殺し合い
その因果関係は遂にわからないまま
いつだって　静かに生きていたいと願う者にとっては
うやむやのままに　時代は走り過ぎていく

誰も真実《ほんとう》の意味をわからずに

一瞬の閃光で人間が熔けて
ただ其処にいた　という影だけとなり
焼けただれて眼鼻口はつぶれ
悶絶して転がる石段のうえ
一本の棒切れとなり
意味もわからずに瞬時に命を奪い取られていく
戦争という暴力
声にならない声が　水を欲しい　欲しいと
今その水を染める　水銀　有機リン剤　ＰＣＢ
きれいな空気を吸わせて　吸わせて欲しいと
その大気の中に亜硫酸ガス　窒素化合物　フロンガス　が

まだあどけなさの残る顔
暴走族がかるく車で飛び出すように
空に舞い上る航空兵
しなやかな腕が操縦桿を握り
洋上で　日付変更線のあたりで
何気ない顔付きで
意味もわからずに命令をただ遂行する

わからないことだらけで
人間の闘争本能をどう解消したらよいのか
人は主観のそとに立つことが可能なのか
他者の痛みをはたして解り得るのかどうか　さえ
侵さない　侵されない
殺さない　殺されない
「にんげん」という尊厳を
種子として
女は　木の枝先で焼け地に穴を穿ち
その一粒一粒を　埋め込んでいく

For the first time

今日は一九九五年〇月〇日と書く
と　次に書く日付けは
それが最後かもしれない
それ以後　誰も読まない
何も記されていない　ダイアリイが
どこでどんなふうに朽ち果てていくのか
たぶん　すべての体験には意味さえなかったような
この世というものに　ひとときの
ぼんやりとした滞空時間があって
そこで悶え　泣き　喘ぎ　笑い

今さらながらの一期一会は
ひとやものに出遇うことばかりではなく
生まれ出るときも一度
死の瞬間も一度
二十歳も五十歳も七十歳も
一度しかやってはこない

年を重ねることその時時刻刻の
そら恐ろしい　一回性

すべてが for the first time
金木犀の今日の匂いも
こじれたこの夏風邪も
不気味に疼く踵の骨の痛みさえ
つま先で立っている
そのつま先だけが繋がる地上
地球はズズッ　ズズッと廻っていて
ひとの心臓もドドッ　ドドッとめぐっていて
現在《いま》　どの地点にいるのか
生命という線上の
しびれしめつけられて固まってしまいそうな
生まれて始めての　体験
だから疲弊困憊した怖れと愉悦と

昨日と同じ洋服を着て
同じ感性のお話を
同じあなたにしたとしても
もう違うのだ
昨日も今日も　明日にはなれない
なのに　事と物の形骸ばかりが
現実という面の上に転がっていて
どんな価値基準でか
あるいは価値基準のない　価値観で
無印《じるし》じるしの諧謔で

過去をたぐると
刻印したはずのページがすべて空白
舌足らずのモノローグに過ぎないノートを
風のなかに擲《なげう》つ
風がページをはためかせる
するとそこから　動画の
だまし絵めいた風景が
原初地平の巨大な羊歯植物に囲まれた女が
すんなりと立っているのが見える
歩きだそうとはせず　裸体で

塑像のように
ただ　立っているだけで

積み残されて

胃カメラは　元寇とおなじだ
創世以来の異端の侵入で
胃むらではおおさわぎ
胃びとたちはおおあわて
まして電動メスまで
刃先をふりかざしてポリープを切り取りにくる
冷えきった踵の骨棘と
足底板とのぎこちない隙間を
吹きすさぶ木枯らしが打つ

外圧や刺戟にあえば
押されてくぼむばかりの
へこみ人間

へこみくぼみながら流動し
いびつな何かが反対がわで殖え
あやうく均衡をとりながら
かろうじて保ちつづける　生態

わたしのからだは
解毒分解する酵素を
先天的に持っていない
外界の汚濁も分解してしまう酵素を
体質的に持ち合わせていない
毒にやられて死に至るばかりの
へこみ人間

チェコのプラハですすんでいる
ベルベットの改革と呼ばれた
やさしい革命
弱者は強者の心の姿を
知悉している
加虐者は犠牲者の呻きを

知るよしもない
その必要がないから

夭折から老折へ
さらに枯折へ　と
この国でいちばん嫌われる
めいせきさや　ろんり性　にんげん愛　せいぎ感など
内奥と
現象化文明とのぎこちない隙間を
吹きすさぶ木枯らしが打つ

生まれおちるとから
運からは見放されていた
少女期から　みずからへの醜貌恐怖で人とも会えず
宝くじや馬券や福引きも当ったためしはなく
おとこ運も無く
言いたい本当のことは言えず
周辺ばかりをさまよっていた
自身が無くなって　あとまわしになる人生がいやになって

島国に嫉妬嫉妬　雨が降る
待って
逃げ足の早い時間　超伝導列車よ
昔ながらの原野の匂い　大気の味よ
いまは映像を聴く時代
楽曲を見る時代
なりわい自体が虚構化し
レストランでは
勘定書きにチホウ税という欄があって
食べるたび痴呆が支払わなければいけないのかと

人類は　まだ充分に元気だ
都会のこの喧噪と熱気に
つくづくと種としての活動期を見る
おそろしいのは　核戦争より大地震より
癌より精神異常より
オスたちに精子が激減するとき
どうやっても欲情しなくなったとき

滅びてしまった動物がそうだったように
種は終焉をつげる
百万や二百万は死んでも平気だ　と
うそぶいた指導者もいたが

プルトニウムやエイズくらいでは
まだ死滅しないだろう
このすさまじい適応力で
ゴキブリもヒトも生き残れるだろう

想像力は限りなくひろがって
豪奢な可能性は
歳月には載りきらず
積み残されて
効率ばかりが
見切り発車していく

せめても　ゆっくりと

いきなり足をすくわれる
思いもかけなかった病名に
突然の侵攻で大暴落した株価に

短かすぎる　八十年余の人生
これだけの想像力や創造力
知力と情念とエネルギーを燃やしながら
全く消滅してしまうなんて
そんなはずはない

ひとつの生涯では　自己達成には短かすぎた
二回くらいは生き直さないと
足りない　課題は多すぎる
いつも急いで　息せき切って
ゆっくり眠ることさえなかった
待ったなしの生

大脳にハートが棲みついている
生まれかたも　死にかたも　愛も仕事も
独自の創作
医療も　芸術
わたしなりの生

ムリ　ムダ　ムチャはお手のもの
ひとかけらの　優しさと
ひとさじの　愛を
ひたすらもとめて

ゴキブリも蠅も蚊も　殺せなかった
夜じゅうかけて部屋から外へ逃がす
あの断末魔で見せるもがきを
見ていられないから
わたしのはらわたが痛むから

敬老の日に入水しようと決めている老人も
新築の超高層ビルから

第一番目に飛び降りたい若者も
平敦盛の《見るべき程の事をば見つ》とは
蓋《けだ》し至言だが

あれは　耀いていた波の躍動
うねり砕ける水しぶき
女の　子供の　歓声
笑いこぼれる白い歯
灼ける砂　燃える海　光る空
しあわせだった　いつか
あったかも　なかったかもおぼろな日

人は少しずつ老い
少しずつ　それに慣れる
あくまでその人のやりかたで
愛する
意識の急坂を　登りつめる

急がなければ

時間が足りない
体力が　いのちが足りない
刑の執行が一日一日近づいてくるような
わたしも　カローシ

こと生まれ　こと切れる
頑張れ　などと言わないで
せめてもゆっくり　気を楽にして
頑張らないで
ぜいたくに

（『絶章』一九九五年書肆山田刊）

未刊詩篇

世紀の揺れを

日常の隙間に偶合のように
ついと連れていかれる　過去のまたは未来の
鮮やかな幻影
百年後には　今この地上にひしめく
生きとし生けるものは
もはや存在しない
想像もつかぬ目鼻立ちの　人や獣や文明が
不気味に闊歩する
ことごとくあの不可知な死を　通過するのだ
見まいとしている　雑沓に紛れて

負の部分の象徴のように狂者が増し
正の証しとしての英雄が踊るだろう
喜々と顔をあげ
あるいは黙々と首を垂れ

それでも人びとは切々と生きるだろう

三面鏡の奥に壁の隅に積みあげた本の間に
たっぷりと詰っている
熱い時　澱んでいる時　歪んだ時
この建物ごとがまるごと流れていく　時の川
取り返しのつかない　岸
加速を増していく　景色

まだヒトが誕生するずっと以前から
朝ごとに　地球は明け
すでに生きものが絶滅したあとも
このように　繰り返されるであろうとは
それでも
なるように　なった
変容の　あたらしい断面を
世紀の揺れを
刻印していく　歳月

（日本現代詩歌文学館　二〇〇一年展示のための作品）

賢者乞食

雲ひとつ無い　真冬の
抜けるように真っ青な空
白い外壁に反射している強い陽射し
かなしいほどくっきりとした物象の影
真冬のそうした光景の
名状しがたい淋しさ　痛み
冬はかなしい季節
賢者乞食
いのちのちぢむ酷寒は　耐えがたい

愛する者が死んだ翌朝も
太陽は東から昇り
反対がわに沈むのがふしぎだった
四十六億年もの　くりかえし
奇跡の穴をくぐり抜け
重ね重ねてきた偶然の山をふみ超え
いじらしいほどの　生きものたちの営み

一つ一つに　拍手と声援を送る
いのちを与えられたがゆえに
過酷な　生　を全うしなければならなかった
屍《しかばね》の痛ましさ
河底に喘いで　さいごの時　を待つ
産卵のあとのあの
鮭の　顔
交尾の歓びのあとすぐメスカマキリに喰われてしまう
オスのすがた
土中に三年も待ち地上のわずか数日を
必死に鳴きつづけ　子孫を残さねばならない
ひぐらしの悲哀にみちた鳴き声も

地上の元凶はエゴイズムの闘争
ものごとのすべてを包んで明けては暮れていく
愛・芸術・宗教も　おぞましい
それでも愛なくては生きられない
一つの生命
愛情乞食

〈永遠〉につらなる
ささやかで　重すぎる　生
変人の装いで真理を探る
賢者地獄
天よ　地よ　動転せよ　ああ

（「社会文学」二二号、二〇〇五年）

犬が歩くとき　も

静かすぎる住宅街で
人っ子ひとり通らない道端の家のベッドのなか
カタン　コタン　という音が
ときどき聴こえる
よく観察するとマンホールの蓋のうえを
自転車が　人が歩くのだ

ある夜更け
じっと目を凝らすと

胴の太い茶色の犬が
マンホールの上を悠悠と歩いていく
犬が歩くときも　人とおなじように
カタン　コタン　と鳴る
淋しい　道
犬が歩けば　音がでる
人とおなじリズムで
あ　またあの犬が悠然と歩いていく
静けさの間奏曲だ

犬が歩くと　夜は
しんそこ　淋しくなり
耐えがたくなる

瞬時にこのせかいが
破裂しそうな
次の瞬間にも全せかいが爆破されそうな
戦慄《おそれ》
何かわけのわからない病で
起きることも食べることも能《あた》わず
わけのわからない苦痛と呻吟で
二十八キロまで痩せほそり
二年もの歳月を耐えたこの身

瞬時に爆発してもおかしくはない
この空　雲　たそがれ　枕元のいとしいスナフキンよ
朝のたまらないこの　寒さ
そうだ　あの犬が咳をするときも
せかいは破裂するのだろうか
一時から二時　三時　という秩序が
逆転して　何もかもが
壊れてしまいそうな　夜
むろん　このわたしも　だ
あの胴の太い茶色の犬が
独りの道を
カタン　コトン　と歩くとき　も

（「社会文学」二二号、二〇〇五年）

桜吹雪の香り

〈花ニ嵐ノ譬エモアルゾ
　サヨナラダケガ人生ダ〉*

ゆうべの嵐で庭の片隅に
満開の桜が散り敷いた　と
袋いっぱいに花びらを抱いて
香りだけでも　とたずさえてきてくれたヘルパーさん
一年以上も寝たきりで外へも出られない私に

何時のころからか
花嫁の挨拶まわりに
さくら茶を振舞う
その花びらの独得の香り
小学校の校庭には必ずあるといってよい桜の木
華やかに出会って
潔《いさぎよ》く別れていく　という
桜に托した　この国の人びとの思い入れが

時間は
疾風のように病人を追い抜いて
走り去る
圏外に置き去られた
名状しがたい　孤絶
一片の花びらの
心の襞《ひだ》にしみいる　寡黙

*〈コノサカズキヲウケテクレ
ドウゾナミナミツガシテオクレ
ハナニアラシノタトエモアルゾ
サヨナラダケガジンセイダ〉
「勧酒」
干武陵　作
井伏鱒二　訳
　より引用

（「現代詩手帖」二〇〇六年六月号）

一九四八年―一九五八年の俳句作品

ざくろ裂け真紅《しんく》の孤独こぼれ散る

暖爐燃え話を切りだしかねてゐる

この恋を血のしたたるやうなカンナに

灯蛾捨つる闇濃し思ひ定まらず

萩まっしろ許されぬ恋およしなさい

離陸するや機は物体となり冬真昼

きっぱりと心に別離　秋の服

秋灯下かなしみ破れジャズとなる

むかし生きて亡母《はは》このゆかた召し給ひ

火星近し灯《ひ》に似ていのち棲《す》むらしも

通り雨旅のメロンに種子《たね》多し

山の土落とし都会の白靴《くつ》となる

電柱も数へ盡き　冬通院す

春宵や　窶《やつ》れし女《ひと》の紅さすも

万緑の重病室に声の無く

薫風や医師のネクタイあたらしく

さるすべり今日の童心しまっておく

エッセイ・評論

華麗なる加齢の詩　長谷川龍生詩集『立眠《りつみん》』随想

この詩集を手にした時、まず読者にずっしりと伝わってくるのは、長谷川龍生という詩人の、硬質な重量感であろう。それほどこの本の装幀、製本には格調がある。詩人の、角度のちがう三葉の顔写真をモノクロで刷りこみ、幅広のオビを巻いた、黒ひと色の、手応えの重すぎるほどの一冊ではある。

扨て、頁を繰り、読み進んでいくにつれ現れてくるそこには、哲学者的モノローグ、行為者的ダイアローグの交錯と展開があり、こととものへの洞察と認識、いっぽう行動者としての人間事情のリアリズムが巧みに織りまぜられ、練りあげられていく。この詩集ではこの詩人独特のやわらかな叙情の感触は姿を隠しているが、感性で描いた哲学書、ないしは賢人の禅問答のような趣きがなくもない。しかしそれらを統合した文学こそが現代詩であってみれば、ここに現代詩の一つの到達点を見ることができよう。精神の、華麗なる加齢によって、人生のさらなる極意に到ろうとする。絶望や躁鬱を巧みに武器にしながら、本質的にはめっぽう明るい因子があって、強運さにも恵まれているのであろう。十三年振りに上梓した詩集ということで、満を持しての、自由闊達な自己主義に徹した詩人の、世界観の総括であり、生《なま》臭い遺書でもある。

水のただよいの上
むすうの「無」が居る
「無」の魔に目ざめた蜃気の　わが五体に
ささやかな鞴《フイゴ》のひびきがしている
鈴木大拙という禅人から　離れついでに
ひきかえしていく討たれの旅路
短いまぼろしの逆断の道のりは　冬の箱車
きょうは　襟をつめて　水にひかれた
来るべき世紀には　地上最悪の惨劇を　生物異変とし
　て見るだろう
水のただよいの上

むすうの「無」が居る
水にひかれて　究め憑かれること
究め憑かれて　立眠に入る

（「立眠」）

詩歴としては『山河』『詩と詩人』『列島』『今日』『歴程』『火牛』などの詩誌を経ながら、そのいずれの系譜にもあてはまらない独自の詩境地を開拓していった、強烈な個性の詩人の人間観を、宗教観を、希求を、幻想を、感受性を、詩語に置きかえて表現していく作業、そこには隠喩があり、省略と飛躍があり、音色とリズムがあり、全存在をことばというものに委ねようとする、ことばの実在がある。当然のことながら、日常語を詩語に創り変えていくとき、一つのことばの後背にひろがる深くぶあついせかいを彫琢していく、膨らませまた削りとっていく、詩を創りだす作業も、また読解する読者の作業も、言語の後がわの未知なる不可解な時空を感受し認識する共同作業にほかならない。啓示のように差しだされた一つの言葉から一つの行へ、一つの連へと、ポエジイは提示され、行と行とのあいだ、連と連とのあいだに呼吸している、無言の語りかけを感得する醍醐味ということができるだろう。
　この詩人の異才のひらめき、知性と学の裏付け、自持と自尊、美意識、寓意性、ユーモアとサタイア。痛烈な批判、逆説、屈折と跳躍、それらを詩語として定着させていく研鑽と努力の、精神のエネルギーに脱帽するのである。

おじさん　背中の傷は　どうしたの
うすい麻衣を透して
なまあたたかい血がにじんでいる
石階を下りていくとき
凝固した血かさぶたが割れ
あたらしい液汁がふつふつ噴いている
ながいうしろ髪のさきが　傷あとにふれる

おじさん　足の甲の傷に　一本の釘が
釘が歩くたびに　ふるえている
釘は足の甲のうらにつきぬけ　石にあたる
夜明けまで歩いていくのですか
夜明けまで　石階を信じているのですか

停まってください　釘をぬき　血をぬぐう
しばらく休んでください　水を汲みます

ぼくは　あなたを知らない
知らないが　肩を落とした背中だけが見える
背中は　その日その時に　変わる
ベトレヘムという小さな町は　消えて
貧しい日本の中世の掘立小屋に　変わる
法然の　親鸞の背中だけが　空也　一遍の遊行の踊る
　背中が
さらに焼きつくのは一向俊聖の直立死
（「イエスの背中を透して」）

とにかく一冊のなかでコトバは天を仰いだり横を向いたり、跳ねたり寝そべったり笑ったり怒鳴ったり、考え込んだりしている生きものたちで、読者にその気があれば、対話にも応じてくれる、そんな種類の側面をも備えた書物ということができるだろう。

カタカナ語が多く出てくるのであるが、実在しない地名や人名も出てくることを思えば、それらも一つの比喩、詩のなかの遊びととれなくもない。他者を烟《けむり》に巻く火遁水遁の術、処世の達人であってみれば、この詩人独特の好みや息抜きでもあろう。

ぼくは　生きるのに　魔術をかけている
生きるという空しい魔術を
空しい（生）の充満こそ　術策である
宿命を認識（グノーシス）する
（「新グノーシス」）

魔術師的世間師《しょうけんし》につよく惑《ひ》かれている著者は、詩のなかで何本もの釣り糸を垂らす。おおかたの読者はその餌に喰いつくのであるが、さて、その先は、パズル解きのような迷路にはまっていく。詩人独自のせかいに踏み込んでいくほどに愕然とさせられるのだが、鍵をこじ開けただけで共有した満足感を得る読者も多くいることだろう。そこに難解さとはうらはらの、長谷川龍生のもう一つの面、大衆性とでもいえる要素があるのだ。詩にかかわっている人以外にも本がよく売れる、支持者を得ているということも、人に連帯感を抱かせるこの世俗性に起因するところ大であろう。風貌、声、センスも売り、である。人物としても愛嬌がある。男は愛嬌、女は度胸というキャッチフレーズがひと昔前にはやったが、至言である。

全世界を相手にしている男の親和力
その一すじの火縄だけをたよりにする
戦友が倒れている　倒れた詩人の背後に
集落があり　統制地が見え　国家がひそむ

全世界を相手にしている男の親和力
その一すじの詩作能力だけをたよりにする
遊泳する鯨に　とびのる刃刺《はざし》の役柄だ
世界を沈み鯨の重さにしないために

全世界は　半死半生でいい
とどめを刺すのは詩人であり
その一線までは　潮吹き穴の血まみれ台だ
寡頭政権が何んと言おうと　神神が砕け散ろうと
（「遭遇こそ」）

時空を超え、世界や歴史や民族や主義や法制やと、小さなかよわい肉体と心を持ったちっぽけな存在である人間との対比を、それら巨視と微視の視座を、巧妙な書法で作品化する、さらに宿命とか偶然とか奇跡とかのこの地上の奥深い存在にたいして、一人の、限りあるいのちしか持ち得ない詩人が、詩の刃でとどめの一撃を、刺す。痛快である。そのとき世界制覇の昂揚感は充足に酔いしれるだろう。その揺り戻しの虚しさを含めてさえ、創造というエクスタシイとは、まさにそうしたものであろう、と思う。
私がつねづね思っていること、それは現代詩とは夭折《ようせつ》の文学ではなく、成熟の文学であるということである。詩は青春の特権の独占物のように言われてきたが、今や詩人も年を重ね、この不条理な人生の深淵をのぞき、人の世の凄絶な極北を体得し表現する文学こそが、現代詩というものであろうと思う。感受性が衰退していない詩人によるものであれば、だが。

いったい　この時間は　何んだったのだろう

戦争があったのですよ　多くの戦争が
人がつぎつぎに消えたのですよ　多くの知識人や詩人が
エスペラント語が生れたのですよ　悲劇の言語が
革命とか　それにつらなる「愛」とか
その偏情は　空港の清掃婦が　せっせと片づけている
ウクライナのザポロージェ・コサックの由緒がきも
　紙屑にまるめた
没落貴族の最終の矜りも　バザールの板の上から　消
　えている
ヘンドリコフ横町も　バスの停留場の一つにしかすぎ
ない
（「ヘンドリコフ横町の殺人」）

昭和一桁生れの著者が、十代の多感な少年期に、第二次世界大戦とこの国の敗戦を通過したという事実は、人間形成のうえでまた創作活動のうえで重大な意味を持っている。それは大勢に追随しようが、体制に反撥しようが、あるいは無視の立場をとろうが、ひとしく若者にとって大きな通過儀礼的な枷《かせ》であった。そしてそれは長谷川龍生の文学の価値観のなかに潜在的に織り込まれている、抜きがたいある特殊な要素であり、良くも悪くもそれ以前の詩人、それ以後の詩人ともちがうファクターを持っている。青年期以後の生きかたのなかにもなお色濃く影を落としているのだ。この世代の書き手がどんどん減少していくことは無念であり、その意味で或る時代を劃《かく》した詩人の、今も影響力を持ちつづける存在の意味は大きい。むろん誰しも一人一人の生きた時代とその重みはかけがえないものであるが。
　今、世の中の動きがあまりにも煩雑化し、細分化しスピード化して見えにくくなっているが、この半世紀余に派生したさまざまな内外の現象の帰趨《きすう》を、咀嚼《そしゃく》吸収し提示しつづける感性と洞察力にこそ、期待だ。

戸をたたくのは　なに　戸をこえていく
戸をたたくのは　だれ　戸をうしろに見る
知から　新しい無知へ
知から　あたらしい無私へ
わたくしのためでない行為に　輝きを把む
その触にこそ　香りの術が噴き出る（「戸をたたく歌」）

現代のこの国の状況のすべてといってよいほど、私ごとと身のまわりの喜怒哀楽、易《やす》きにつく流れ、刹那的に単純な結論、に導かれて日日が過ぎていく。どんな瑣末な身辺雑事も地下水脈を通じて、せかいの隅々にまで流れつき結実する、そんな、差異のなかの人間の普遍性をこそ望むものであるが。

草も生えたか　花も咲いたか
鳥も啼いたか　局地戦の悲報しきり
過去は　十分に存在した　埋立地でくさる
未来は　判りきっている　テロの輪廻《りんね》だ

（「ルバイヤート・テロ」）

居ながらにして眠るのは居眠りであるが、長谷川龍生は巨きな容積と多重層の情念を抱え、八面六臂に跳梁する幻想の隙きまを縫って、立ちながら、眠る。

（「社会文学」一七号、二〇〇二年）

分析から統合へ、そして祈りへ
川田靖子詩集『クリスタル・ゲージング』

この詩集を読み進めていくうちに、私は、いくつかの特徴と立ち会うことになった。まず、従来の日本の短詩型的鑑賞の概念では括《くく》れない詩であること、一貫して、事物の存在の意味を追求していること、一つのスタンザの呼吸が長い詩であること、大きな舞台で構成されていて、リズムもテンポも抒情詩のそれとは異る体質を持っていること、などなど。

「宇宙の中にポロリと転がされて、私は何よりもまず「目」でありたいと願った」と著者のあとがきにもあるように、自己の眼で存在の真実を探ろうとする希求が、真摯な姿勢で提示されていく。この詩人にとっては、認識し納得することが、何より不可欠なことなのであろう。いわゆる舌ざわりのよい詩ではないかもしれないが、ここには女性の戸惑いや願い、痛みや優しさそしてユーモアやサタイアなども、女性ならではの発想で語られていく。詩にとっては、視座こそが重要なのである。しかしこれらの詩が、隷属していない思想によって成り立っているので、一般的に、おおかたの支配層に属している男性の情念には、受け容れられにくいものがあるかもしれない。あえて付言するならば、言い過ぎて理におちている部分を思い切って、沈黙によって、読者の読解力に委ねてしまっても、よかったろう。

だが、真に詩である、とはどういうことなのであろうか。世に膾炙《かいしゃ》されているものの多くが、一見衝撃的に見えながら、その実、器用な思いつきや安易な自己陶酔に流れているに過ぎず、本質的にはただ舌たらずの、風俗の域を超えていないという、意外に古い精神の在りかたを見せられるたびに、虚しいものを感ぜずにはいられない。特に若い世代のくすぐりや抵抗が、世間への媚びとか追随にしか過ぎず、少くとも創造者としての強烈な自我を形成するに到るまでの、直観や認識や修練などのエネルギーの気配が見えてこない、ということに失望させられることが多い。真に新しい詩とは何だろう。歴史と伝統の上に立ちながら、ただ今現在の時点で、その殻を叩いていく、すなわち自らの殻を破いていく、未来への予見に充ちた創造とは何だろう。そしてそれらを熟達した言語表現をとおして作品化していく、このかけがえのない自己をいけにえとして差しだす、文学という営為への熾烈な切望とは何だろう。これらを思いめぐらすとき、この詩集が示唆しているように、存在というものへの洞察が、分析から統合へ、そして祈りへ、と推移せざるを得ない、知性的人間が辿らねばならない運命の道程のようなものが、仄《ほの》見えてくるのである。

（「青」二号、一九八四年）

そのかくし味の巧みさ　呉美代詩集『紅《べに》』の周辺

呉美代詩集『紅』を読み進むうちに、何より心に沁み入ってくることは、ここに表現されている言語の美しさと、詩篇が内包しているポエジイとの、調和ということになるだろう。

ある意味で、詩を書くということは地獄を見ることでもある。文学にたずさわる人間の非情と貪慾《どんよく》、そのように選ばれた人間の運命でもあろう。そして男の眼と女の眼をも、兼ねそなえていなければならない。視座こそが重要なのである。

ことばに内在している生命、その存在。あくことない表現の修練と、問題意識を志向している内容とが相俟《ま》って、すぐれた詩は産まれるのだ。詩は、成熟の文学、なのである。深い認識を表出している作品に「野の秋」がある。その終連は

「美しすぎる紅はさむい／目をつぶって／乳房もおなかも薄くして／紙のからだを風にあずけた／動くと吊り橋が戦慄する／あのひとの帰ってくる道は／ふさがれた／」

この詩集の全体を包んでいる、ある朦ろげな手ざわりは、もしかしたら作者の自衛本能であるのかもしれない。そのなかで内燃している激しさがある。作者の控え目な性格が、恣意を見せないが、よく味読してみると、どの詩にもどこかに必ず自己存在の主張がかくされていて、それはいわば、かくし味にも似ているので、眼をこらして見なければ、作者の自我や情熱を、見おとしてしまいそうな危惧がある。

前詩集『忙』から三年、目ざましい飛躍を遂げた詩人は、この詩集でおそらく、表現ということの辛さ、困難さにますます多くの血を流したに違いなかろうが、同時に表現というものによって己れの秘密を一つ一つ暴いていく、快い痺《しび》れをも味っているに相違ないと思う。自己と宇宙との一如を表現しきったときの愉悦こそが、詩人というものに許された至福であるとも言えるだろう。

（「風」八二号、一九八三年）

近づくことは懼《おそ》れ

追悼・金子光晴

もう七、八年も前のことになるだろうか。当時、四谷のある旅館で行なわれていた「あいなめ」の合評会の席上で、金子光晴氏はこんなことを言われた。

「僕のことを先生と呼ぶのだけはやめて欲しい。」

それならば何とお呼びしたらいいのだろうか。皆で論議紛々の末、やはり「金子さん」とお呼びするのが一番ふさわしい、という結論に達した。「僕は、後輩に対してけっして良い師ではないですよ。光ちゃんとでも呼んでくれたらいちばんいいんだが……。」そんな言葉がたいへん自然にこちら側へ伝わってくるような人柄だった、と思う。だから「あいなめ」の同人は、孫に当るようなうら若いお嬢さんさえ「金子サン」といつも呼んでいたし、私が詩人を「先生」などと呼ぶのが躇《ためら》われる、その感覚をまず金子さんをとおして確かに知った、というべきなのだろう。その金子さんは、「あいなめ」の合評会の帰りなども、着流しに、えり巻きなど首に巻きつけ、ぞうりを履《は》いて、小さなからだで電車のすみに立っておられたりするので、知らない人にはまるで職人のご隠居さんのように見えた、と思う。

その頃私の処女詩集が出てその出版記念会では初めから終りまで、何くれとなく心を遣ってくださった。そしてその翌日、金子さんの方から電話があった。それは、「ああいう会はやるまでがたのしみで、終ってしまうと気抜けしたようにがっかりして虚しいものだが、それが当り前だから気落ちしないように。」というような、私に対する力付けの電話なのだった。そしてその二日後に又、電話がかかり、いきなり「あの時、どうして食事にお寿司がついたんでしょうねえ。あれはたしか中華バイキングだったのに、なんでお寿司が出たんでしょう?」とさもふしぎそうに言われるのだ。「中華料理のバイキングには御飯が出ないし、しつこい脂ものばかりだから御飯を食べたい人のために、手軽なお寿司がつくんじゃないでしょうか。」私も答えてはみたが、ほんとのことはよくわからない。それでも「あ、それでわかりました。そいじゃ。」と言って金子さんは電話を切られた。こんな唐突で面喰らう発想がお宅などへ伺ったときも、よく見受けられたりした。

私の詩集の跋文を書いて下さったあと、ある日、「一度ゆっくり食事でもしませんか。あなたのことについて聞きたいこともあるし、我々は人間の心理の専門家でもあるんだし。」とお誘い下さったことがある。有難いことだったが結局それは私が曖昧にして拒否したような形になった。がそのあとそのことについて金子さんは一言も触れたことはなかった。きっと忘れてしまわれたのだろう。私は自分の身の上ばなしをすることが好きでなかったし、なぜか金子さんに真面目に色々話すことを、私は避けて来たような気がするのだ。遊びにいらっしゃいと誘われもし、たしかに伺ったことも何度かはあったが、自分の考えなど、また詩についてなど、真面目な話をすることが私には躇《ためら》われた。それは何故か、と言うなら、少々複雑な心境で、あえて言えば金子さんに人見知りをしたということだろうか。その一方では、この魅力ある大詩人にもっと接して色々知りたい、吸収したいという痛切な希求があり、同時に金子さんの多忙さや御病気の状態など気づかったりする遠慮がはたらいて、そのはざまの中に何かをとりおとして来たような、いても立ってもいられない焦りを激しく感ずることが屢々あった。そんなある夕方、あの訃報を聞いたのだった。その時の衝撃は、持っていた茶碗をそのまま、呆然と立ちつくしていた時間の長さで、測ることができる。というのもたった一と月ほど前に「地球」のパーティでお目にかかり、顎のあたりがむくんで、歩くのもやっとの御様子に胸をつかれたこと、握手したやわらかだが弾力のない掌の感触、そのままずっと手を離さずにおられた金子さんの窶《やつ》れたお顔、帰りの車を待ちながら偶然に出来た暫くの時間を、ふしぎにくつろいでお話できたその肌ざわりなど、私の心になまなましく印象づけられ、それは肉親に対するような奇妙な身近さとして、痛みのように死の予感が胸にひっかかっていたのである。

千日谷会堂での御葬儀の日、外は鬱陶しい雨が降っていたのだが、会場はかわいた荘厳さの中に焼香の列がゆっくりと動き、私もその最後に加わりながら、飾られた写真と柩を見、焼香台の前に立ったとき、私は、心の底から噴き上げるように溢れてくる涙に自分でも困惑したほどだ。見ると隣で焼香をしていたやはり、「あいなめ」の同人の女性が大粒の涙をこぼしているのに気がついた。金子さんがもうどこにも生きておられないということ、同時にこの時間を、世界を共有することが絶対に出来なくなってしまった、ということのやりきれない悲しさと得体の知れない痛みのようなものに、私は我ながら驚きに似たものを感じていた。それは単に、故村野四郎氏がいつも言っておられた、〈一世紀に一人しか出ない詩人〉を失ってしまった、または偉大な師の逝去、の悲しみというようなものではなく、もっと金子光晴という一人の人間の持っていたにんげん的な色気のためなのではあるまいか、と思ったのだ。最後の恋人と名乗り出る女性はバス一台分に乗るほどはあろうなどと言われている、そういう狭義の色気だけではなく、何よりも人間の根元に根ざしている色気といえるようなものを、珍しく持ち合わせていた人物であったと思うのだ。これは年齢などと関係なくその人の一種の素質であるように、私は思う。金子さんの枯れてしまわない、脱《ぬ》けてしまわない、人間というものの心の臭いが、多くの人びとを捉えてはなさなかった魅力なのだと思った。

私が金子さんにお目にかかった最初から、いつも強く感じて来た印象がある。それは目の前におられる金子さんから発している強烈な自我、なのである。私に人見知りさせたものは、それだったのだろうか。黙っておられても存在そのものから、私はいつも激しくそれを感じて来た。そして次に、一種の達人芸のような、人間のかかわりの面における間隔の意識とでもいうようなものがあった。金子さんがどのような認識からそうしておられたのかは、知らない。だが自分を押しつけない、他人の中に這入らない、自分を侵させない、けっして領分に踏みこまない、相手との間に透明な膜が融通無碍に舞っているようなその微妙なニュアンスは、独特の至芸とでもいえるものだと私は思う。つまり私は今まで生きて来た人生で、他の人からは感じたことがない感覚であるからだ。

それは対象を見送りながら手をつかねて、呆然と人生に立ちつくしている人の含羞にも、似ている。それから、ふしぎなやさしさを持っておられたこと。それはたぶん金子さんの傷つきやすさから出ているのではあるまいかと思う。包容力というものは、ほんとうのさびしさを知っている人間だけが持てるものだと思うからだ。

私の友人に、金子光晴に骨の髄まで心酔している一人の詩人があるが、彼は、一度も生前の金子光晴という人に会おうとしなかった。私が奨めてもけっして会いたがらなかったし、逝去のしらせに憮然として何も手につかないほどの衝撃を受けながら、ついに葬儀にも行かなかった。行けなかった、と彼は言う。詩にたいして、生き方にたいして、この世で金子光晴という人間以外に何もない、と言うくらいの傾斜の仕様なのに、だからこそ、おそろしくて会えなかったのかもしれない。性向もたいへん似ているとは思うが、会ったら尚更、自分の詩も考えかたも呑み込まれて動きがとれなくなってしまうだろう、と彼は言っていた。こんな内向的なファンが、金子さんの前に現われずに、居たということを金子さんは知っておられただろうか。これほどでなくても、心酔者と言える人は私の知っている限りでも何と多いことか。そしてそれらの人々は殆ど金子さんの目の前に出現しなかった人たちばかりだ。これほどまでに、詩のなかでまた生きざまのうえで人々に影響を与えた、ということ。そして、その涙ぐましいほどの金子さんへの思慕のようなものを、生きていた時の金子さんは、恐らく御存知なかったに違いない。

極めて多面性に富んだパーソナリティのなかから、そのかたくなに沁みこんだ孤独のかげや、たいへんまっとうだった志向性、フーテン指向とうらはらのひどく倫理的な一面など、折々に感じて来たものを抽《ひ》き出して、私は、今は亡き金子光晴氏のイメージの再構成をしてみたりする。その巨きな魂へのたとえようもない親しみをこめて。そしてその魂の全き安らぎと御冥福を、心からお祈りして。

（「金子光晴追悼号」、一九七五年十二月）

含羞《がんしゅう》と矜持《きょうじ》の詩人、左和伸介氏を悼む

あまりに衝撃が大きかったので、立ち直ることが出来ずどうしても左和さんの追悼文が書けなくて、私は慟哭と悲嘆の日々を送り、もう半年以上が経ってしまいました。それは私の心の中で、左和さんを死として葬ってしまっていないからなのです。

ふしぎに涼しい日の続く晩夏でした。重い病に喘ぐ人に涼風だけが僅かな慰めで、あとはすべてが酷であり、凄惨としかいいようのない末期肝臓癌との壮絶な闘いの終焉がようやくおとずれたのは、昨年八月二十日未明のことでした。私をはじめ「禺《ぐ》妻《る》」の同人や昔からの詩友に看とられ、しかし肉親は一人もいずに、左和さんは五十九歳の生涯を、あっという間に終えてしまいました。言葉が失われていく直前まで、額の汗を拭う友人たちに「だいじょうぶだよ」「ありがとう」という言葉が乾いた唇から音にならずに洩れてくるだけでした。息をひきとるまでただの一度も、痛い、苦しい、つらいという言葉は吐かずただ周りの者への思い遣りに終始した、真に優しく強い人でした。その死にざまに、彼の詩人としての矜恃と尊厳を、私は見たのです。医師も「こんなに我慢強い病人は見たことがない。まさに修行を積んだ高僧のようだ」と涙をうかべて驚いたほど、自己に対してはきびしい気丈な人でした。その気性が身体には勿論、裏目に出たと言えます。

金子光晴や長谷川龍生の詩を愛し、その長谷川氏が、彼の絶筆となった作品「ひび割れた女」を、まさに日本のボードレールだ、と賞賛していますが、今後の詩業がたのしみな、成熟し充実しきった年代に入ったばかりの詩人だけに本当に無念のひと言です。

三五〇年続いた職人の家系に育った彼は生っ粋の江戸っ子で、何ものにも媚びない反骨反俗の精神で、一見飄《ひょう》飄《ひょう》と生き抜いたかのようですが、周りの苦しみや難儀なことはみな自身が引き受け背負い込んで黙って堪える、という気質がありました。リラックスする為のタバコが度を越し、頭痛薬などの乱用もストレスとともに肝臓を参らせたのではないかと思われます。極度にシャイな人柄で、詩人としては全く売名を嫌い、目立ちたがらない地味な存在で、「知る人ぞ知る」というしかないのですが、その研鑽と言葉の修練、またあらゆる日本古来の伝統文化についての該博な知識は瞠目に値し、何を聞いても即座に答えが返ってくるのでした。二十数年間、左和さんは私にとっての文学の師でありました。バッハ、ベートーベン、ブラームスなどの弦楽曲をこよなく愛し、みずからもヴァイオリンを弾き、ざるそばや鮎の塩焼きに舌鼓をうつ、まことにひとよの暮らしの身はすがれても精神の貴族の名に恥じない、ロマンを追い求めて現し世を引きあげていった、左和伸介とはそのような、詩人の中の詩人、のひとりなのでした。ロマンティシズムとニヒリズムの極点を行き来し、重篤の病床で、詩が自分の信仰だ、と語り、天涯孤独の生を謙虚にひたむきに、文学ひとすじに賭けたようなその生きざまでした。いつも寡黙な彼が口を開くとき、その一言一言には千金の重みがあり、的確かつ洞察にとんだ、愛情深い対象への把握があるのでした。詩人的魂だけを純粋培養するような生活をのぞみ、仙人のような暮らし方でした。その作品は、天与の瑞々しい叙情性と、それに一見相反するような論理的な構築性を併せ持ち、つねに新しい領域を切り拓いていく実存を、現代詩と小説とで表現した、惜しんでもあまりあるその人柄と才能を失ったことが、私はただただ残念でなりません。

（「日本現代詩人会会報」一九九二年五月）

もっと何か、途方もなく無意味と思えるようなことで、しかも自分が是非ともそれを欲するというようなこと、全く不可知なもの、結末など測《はか》り知れないもの、未来へ飛び地する受難に、多寡の知れた時間の一生を投げ込んでみる者がいたら……それこそまるっきりの馬鹿か。あるいはたいへんなぜいたく者なのか。

〈火談牛語〉「火牛」11冊、一九八四年九月）

多寡《たか》の知れた時間の一生を

いまの世の中では、殆ど計算が出し尽くされていて、人びとはその結果につながる実利をしか追い求めていないようだ。文学活動の在りようについてさえ、そのことははっきりと窺われる。

だがそんな生き様はあまりに貧しくはないか。人生は、人間の計算で割り出せるほどそれほど簡単なものではあるまい。目先きの得失とひきかえに、大きく失われていくものの虚しさはどうか。なのに誰もが漠然とした不安を、図式に置きかえ、過信にすりかえて、解答をはじきだそうとする。未知数には無限の可能性がある、などと、力の限界に挑む心意気は持ち合わせているとしても、それが結局、自己に何らかの帰結をもたらす場合でなければ、容易にものごとに賭ける、というのは馬鹿げたことに見えてくる。

思いつくままに

いろいろ思っていることのなかで、まあ仕事がらもっとも気になっていること、つまり言語表現について、少し触れてみたいと思います。ちかごろの言葉の乱れについてはさまざま言われているのですが、日本語をより適確にしかも巧みに美しく表現すること、微妙で複雑な、豊かな表現方法をたずさえている日本語について、言葉こそ大切だ、というわけは、言葉だけを観念的に捉えるのではなく、ものごとの意味、内容、感触、情念などを言葉として認識し、表現、伝達する、ということなのです。殊に若者の敬語の乱れが言われていますが、一々言い出したらきりがないほど日常そのことにぶつかっています。緊張のせいか「わたしがおっしゃいました」と言ったり「僕がいらっしゃいます」とか信じがたいようなことをよく耳にします。げんに多勢の競争者を抜いて入社したであろうアナウンサーなどが「いちや（一矢）むくいる」とか「おくはね（奥羽）地方」とか「さいき（最期）」とか「いちゅう（一夕）」とか言っている。こんなことは簡単なことなのですから誰かが親切に教えればいいのです。また言葉の間違いも多い。大学生のアルバイトが、私が注文した茶碗蒸しを勘定書きに「ちゃわん虫」と書いたのは嘘のようなほんとうの話。その奇抜さに私はびっくりしたものです。鰻屋の若いおかみに「この鰻は養殖ですか」と聞いたら言下に「いえ和食でございます」と言われ絶句した。そんなことは日常茶飯事のようにありますが、私がもっともショックだったのは、或る雑誌に「愛という営為は」と書いたら、出来上ってきたその雑誌では「愛という行為は」に若い編集者によって書き直されていた。また「得手《えて》不得手《ふえて》もある」と書いたら「得意不得意もある」に、「付随する」が「付属する」に書き変えられていた。似たように見えながら、これらの言葉は内容もニュアンスも違うのです。むろん著者に無断で書き変えるのも言語道断だが、営為とか得手不得手という言葉も知らずに書き変えてしまうことは、私はけんかもしませんでしたが著者にたいする侮辱だと思いました。言葉を知らない人間がどんどん殖えて、それを社会が黙認してしまっているのです。若い世代は感性はすばらしいものがあるけれど、今は映像とか音楽その他に向けられてしまい、文字や言葉がおろそかになってしまった教育の在りかたにも問題があります。言語の修得には長い修練と努力と研鑽が必要とされるからです。しかし言語の背景には広大な文化や伝統の土壌がありま す。このほど東京大学の総長が、新入生に向かって、齟《そ》齬《ご》感という言葉を何度も発言していましたが、耳で聞くだけではなおさら、理解できた学生がどれくらいいたでしょうか。

しかし、私がつくづく思うのは漢字の復活をねがうということ。漢字が略字になり当用漢字以外は仮名になってしまったこの国が、どんなに人間の心の成熟を貧しくさせただろうか。漢字と仮名の微妙な配列が美しい日本語を構成してきたというのに。漢字はむつかしいとして省略されてしまったのですが、こんなに易しい記号はないのです。象形文字から変化したものだから、一見して意味がわかる、だいたいの話ですが、人に関する文字は人偏《にんべん》で作られていて、木に関する字は木偏《きへん》、水に関する字は三水《さんずい》、といった具合に至極わかりやすく、意味から捉えれば容易に読み書きが出来るようになります。表音文字の平仮名や片仮名の並んだ文章は読解するのに困難で全くわかりにくい。だいいち漢字を覚えるということを子供の時代に教えこむと、そんなに苦労せずに覚えてしまい、記憶力の抜群な幼児期や青少年期に頭に入ったものは、一生涯役にたち、本当にその人は得をするのです。

ついでに言っておきたいのは、矛盾するようですが、どんなに沢山の語彙《い》を持ってきて並べても、また逆説や暗喩《あんゆ》を駆使して表現してみても、人間存在の深奥やその全貌を語りつくすことはとうてい不可能だという、言葉の限界、というものも、はっきりと知っておくべきでしょう。沈黙が多くを語る、ということも広い意味で、言語表現の範疇《はんちゅう》に入ることですから。

それから流行語について言えば、時代感覚で創っていく流行語にも、言いえて妙、なものもあり、私もよく使うことがあります。言葉は生きものですから絶えず酸素を注入していくこともだいじなこと、生き残るものは残り、滅びるものは消えていくでしょうから。

◇　◇

或る見方からすれば、戦後の日本を覆《おお》ってきたものは、嫉妬と苛《いじ》めという情念だ、とよく言われますが、そこには島国特有の陰湿な、根深く浸透していく執念のようなものがあります。でもしっとやいじめは、人間社会のどこへ行っても必ずあるし、その冷酷さや凄惨さは、国情や民族によってはもっとおそろしいものもあるようです。が、この国の殊に私たちの世代の、女性差別や年齢差別の理不尽さも相当なものがあり、今まで私もどれだけ苦しめられてきたかわかりません。もっとおおらかにつまり自分だけの体験や考え方に固執しない柔軟さ、異質な存在を受け容れる許容性、他者を理解する、つまりは自分以外の存在への愛、という心を育てられないものだろうか。しかもこの社会は何でも一律に決めてしまい、三十歳代はこんなもの、五十歳代は、六十歳代は、と洋服の色、髪型から趣味、勉学の種類、行動のパターンなど価値観までを決めたがる。そしてそこからはみ出した人は異端視される。でも人間はまったく十人十色で、個人差は年を重ねるごとに大きくなります。子供の頃は誰もだいたい同じであったけれど、その人の生きかた、年のとりかた、気質のちがい、環境のちがい、価値観のちがいなどによって、一人一人が全く違ってくるのです。熟年は個人差なのに、社会がひとくくりに決めてしまうのは個人の尊厳を無視しています。何より違いを認める世の中を、つくっていかなければ。個々の能力を伸ばせるような社会に変えていくべきで、能力も体力も充分にあるのに、年齢や性別だけでバッサリ区分けをしてしまうことは、国にとっても社会にとっても大きな損失になることを考えるべきです。高齢者の雇用、それぞれの適性に合った生き甲斐、充実した後半生を送れるようなシステムを真剣に考えていくべきです。それは少子化の問題にしても然り、働く女性の仕事の内容、何よりも保育所などの設置場所、時間延長、男性の意識の改革など、今より少しでも生きやすくするための智恵を結集すべきです。

区別は結構、性差、年齢差、知力差、体力差、それぞれに違う人びとを、単なる社会通念や概念だけで選別してしまう不条理な差別をこそ、やめていこうではありませんか。そして考えることをしよう、どんな些事にも、自分の眼で見、耳で聞き、人の言うことではなく自分の心で考えよう、そのためにはいつも感性のアンテナをはりめぐらせ、世の中の風潮や流れ、人の発言などをもう一度見つめなおしてみよう。

◇　◇

力だけが評価され、人生の経験に基づく識見や洞察が、今の世の中では軽んじられています。学びとり吸収するものがたくさんあるのに、勿体ないことです。物や金や損得で人が動いている。答えが○×式だけの教育が人間をどんどん貧しくしていく。人間はそんな○×できめられるような単純なものではない。あらゆる感性を捨象して○×だけで答えを出してきたツケが今、まわってきているのです。デジタル思考をアナログ思考にあえて変えてみる。怒涛のように流れていく現実の表層に表れる現象だけを見るのではなく、その奥にかくされているもの、背後にある歴史、一見やりすごしてしまうものに、光をあて慈《いつく》しみ育てていく、ということに力を注いでいかなければ……。

中高年の自殺が急増しているというデータが出ています。全国で年間約二万三千人程度だったのが、昨年は三万人を超えたといいます。交通事故死は約一万人。自ら死を選ぶ人が三万人もいるということは……。それも五十歳代、六十歳代が急増しているというのです。理由はいろいろあるのでしょうが人は誰しも年を重ね、力を失い、弱り、死んでいく存在なのです。その生命の時間をどれだけ充実し、悔いのない人生にできるか、という問題。一期一会の今日一日を大切に内容豊かに送ろう、今ここに在ることに感謝して。

四十六億年前の地球の誕生から、進化と変貌を繰り返しながら、人間がここまで辿り着いたのは、まさに奇蹟と言えるのです。偶然の重なりの不思議さ、研究が進めば進むほど、そらおそろしい神秘的な仕組みで、生命が創り出され、今、己がここに存在しているこわいほどの素晴らしさ、かけがえのなさをあらためて実感します。人間とは何か、と。

家族制度も崩壊傾向にあり、夫や妻、親子と一生涯暮すより、価値観のよく似た友人やグループといっしょに暮しいっしょにお墓に入りたい、という人びともあきらかに殖えています。価値観が多様になり、家族という枠ではくくれない時代になってきています。高年新人類と呼ばれる人びとが殖えていて、従来の高齢者の概念にはあてはまらない人びとです。

しかし、日本人の特徴であるのは付和雷同、権威筋やジャーナリズムが右と言えばどっと右に流れ、今度は左、と言えば又左へどっとなだれ込む。個人に全く主体性がないのです。それはたいへん危険だし不幸なことです。日本が近代国家となった明治以降の歴史を見れば、それは明らかです。人々が右、と言った時はむしろ左側に立ち、左と言った時は右側に思いを至す、そういう考えがまさに日本の知性、なのであります。私はこのように、少数派の立場に徹して生きていきたいと、願っています。

（「グローバルヴィジョン」一九九九年六月号）

自分自身も空《から》にする

バカンスバカンスってバカンスナ、などというジョークが飛び出したほど、それほど当時はこの言葉がはやっていたのだ。一九六三年ごろの日本である。いわゆるレジャーブームへの幕明け、高度経済成長への驀進、といった時代でもあった。

当時の新聞によれば、バカンスは一九六三年の新語、として掲載され、レジャーは時間単位、バカンスは日数単位で与えられるもの、休日の連続であるバカンスはレジャーの大型化、高級化である、とされている。

たしかにそこには夢のような憧れ、日常からの解放、めくるめくような贅沢さへのいざない、という響きがあった。いかにも充全のしあわせが用意されているような趣きさえあった。

そして、時経て徐々にそれがなかば錯覚であったことに気付きはじめていく。

この国のセチガライ社会のしくみと相俟《ま》って、島国根性的な人間関係のしがらみの中で、そして何より個人の意識の領域で、フランスのようなヴァカンスは、とても手に入れることはできなかった。当然ながら国民性も社会背景もまるで違うのである。文化の在りようや個人個人が生きている思想が歴史的に異るのだ。

言葉だけは輸入されたが、その内容や思想は、此処では消化吸収されなかった。

言葉はこの国ではつねに商業主義と結託して、もてはやされる。ファッションとしてコマーシャリズムが貪欲に、干からびて寿命が尽きるまでしゃぶるのだ。だからいっとき風俗として遊ばれ、あげくは商売人が丸儲けして、上がりということになる。

今このヴァカンスという言葉を聞くと、だからアンティーク商品に出遇ったような気がしてくるのだ。そしてヴァカンスなどということを意識していなかったとき、何だか本当のヴァカンスしていたような、妙な感じに捉われる。考えてみれば、海で漂流していた何日間かだって、家から出奔していた何ヶ月間かだって、病気療養の何年間かだって、人生からのヴァカンスみたいなものだった。

ところで、ヴァカンスの語源は、と見ると、ラテン語の **vacare** で、空《から》になるとか休み、の意。空位空席休暇、の意味でもある。

そのヴァカーレの語の意味にもあるように、街全体が空《から》になるばかりでなく、自分自身をもすっかり空《から》にしてみてはどうだろう。身についた習慣の垢、思考のくせ、既成の概念やひきずっている社会通念や、もろもろの生活感の一切合財《がっさい》を、空《くう》に返してみてはどうだろう。せっかく日常性から休暇をとるのだから、自己を己れから抛擲《ほうてき》するのだ。

メディアが巨大化していくと、そこにいる人間の方がだんだん貧しくなっていく。パックされセットされすっかり管理化された休暇などは、無意味だ。今、この人間性の何とも貧しい時代に、空《くう》にして閑《かん》なる豊かさを蘇生させる、新鮮な感性と自在な発想をあらためて手に入れる、ヴァカンスをこそ。

（当時流行の「ヴァカンス」という言葉へのフォーラム）

（「すばる」一九八七年九月号）

未踏の場所へ

ある日、私はベランダに置いてある荷物を動かし、小さな布張りの折りたたみ椅子を持出して、手摺りのそばの片隅に低く腰をおろし、戸外の風景——嵐の予兆のように南から北へ飛んでいく雲、雨気を含んだ風、ちょうど取り毀した建物のあとの間隙から、家々の屋根や広告などをよけてひとすじに見えるそのつき当りに、まだ見たこともないオレンジ色の街灯が夕暮れを告げ、その下を右から左へ、左からまた右へと思い出したように、オモチャのような車がすーっと横切っていくさま——を見ていた。木々の葉が揺れて離れるほんのわずかの隙間から、ふだんはけっして見えなかった道が現れ、低く腰掛けて盗み見た景色の新鮮さに、私は驚いて見つめなおした。住み慣れた家のなかにも未踏の部分はたくさんあって、何かを少しずらしてみると思いもかけない象や色が出現する。眼の高さの違いだけでも感じ方はずいぶん変るものだ。さらに寝て見るのと歩いて見るのと、逆立ちして見るのと、触って見るのとではたいそう違う。詩とは、そうした発見であるとも言える。そうした価値観の転換である、とも言える。常識や既成通念のどこかなにかが間違っているのではないか、それらの不条理をつきとめたいというそんな情熱がいつも私のなかにはあって、それらをつき抜けたところで、さらには女の生理をもつき抜けた地平で、この不可解な人間という存在に迫りたい、という思いがするのである。苦悩、惨酷をくぐってそしてトンネルを抜けてしまったような、或るあっけらかんとしたかわいた明るさが、私は好きだ。女性の書くものが、厨房と閨房の詩ばかりではつまらない。そこを通り抜けたもっと大きなもの、深く拡がるもの、もっと微妙なもの、が欲しい。そして集団への埋没ではない、屹立の志向をこそ大切にしたいと思う。詩、それはけっして気まぐれに産れるものではない。ざらざらとした自己嫌悪の残滓や愛憎の悲鳴、黙って受容するやさしさなど、長い呻吟のすえに醸成された結実として、はじめて氷山の一角に顔を出す存在なのである。だからものを書いていく過程のなかで何よりの喜びは、何処か未知の場所に真に触発さるべき文学を見出し、その背後に彷彿として浮ぶ作者の精神を感得できることに他ならない。その精神的血縁のような共鳴であるとも言える。詩は極言すれば、たった一人の人間への語りかけである、とも言えるだろう。それは独善的であってよいとか閉鎖的なものだという意味ではない。がしかし、それが現代の詩人口の膨脹、この複雑多岐なマスメディアに乗った存在となっているという、その矛盾の孕む問いかけは、大きい。

（「地球」七〇号、一九八〇年十一月）

短文抄*

同人誌「禺妻《ぐる》」後記抄

近ごろの過激派や、麻薬族や、アナーキストたちの抵抗分子を、若者の特権のように言う人がよくあるけれど、そののち彼らが大人になったとき、いったい彼らは何処へ行ってしまうのか。既成社会のどこかの部分になにかの形で嵌《は》め込まれていったらしい。ということが私にはふしぎでならない。本来なら年を経るごとに、いわゆる世の中の不条理なるものに開眼していって当然な筈である。少くとも生れた当初は既成の社会通念のなかで、それの受け手として育てられ、学令期になればなおのこと画一化された環境のなかで否応なく十何年かを習慣付けられ、そして思春期の自我の確立とともに目覚めてゆく、という過程を辿るわけで、ならば青年より中年、また壮年、老年と一日余計に生きればそれだけ人間社会の矛盾や撞着や不可解さがはっきりと見えてくる筈で、おおかたが大人になれば体制のなかに織り込まれてゆく、ということはどうも腑に落ちない。一方それらを統一し包含する叡知も育ってくるわけだが、少くとも鮮明な意識と感覚を持ちつづけるなら生きるということは時々刻々の発見であり、老化や倦怠のなかにも興味ぶかい新鮮さがあってよく、青年期よりもっと深刻に抵抗や疑問や憤りやが認識されるのが当り前で、それらの集積がもう少しアウトサイダーとしてのつわものを育てあげていってもいいと思う。若年も老年も、所詮はひとしなみによるべなき人生ではないか。

　そんなわけで私は中年や老年の文学のなかにこそ、ますますたしかな抵抗や反逆の姿勢を、期待したいと思うのだ。

（一九七二年十月）

　ともかくも水俣病裁判の判決は下された。これで四大公害裁判は何れも原告側の勝訴に終ったのであるけれでも、その長い歳月をかけた闘いの道程で、明るみに出たさまざまの問題——幾重にもとりかこむ交らない問題の層が、またあらたに重大な危機を提示しているように思われる。たとえば企業側と癒着した医学体制、医療にたずさわる学者の良心、行政の方向と力の重さ、問題にかかわる人間同志の連帯と運動の在りよう等々。

　いまや公害は全地球、全生物を滅しはじめている。残留有害物質の増加、まだまだ殖えるであろう未知の分野での化学物質禍、それは原始さながらの肉体と、はるかに先行してしまった文明を担う頭脳との、はざまでひき裂かれてゆく人間の悲劇でもあるだろう。

　私たちは公害病犠牲者の、目を覆うばかりの悲惨と苦悩を、もっと自己の問題として取り上げるべきであり、人類終末への予感のなかで〝生命〟というまさに素朴な原点に立ち還って、個々が、自由な発想のもとに〝人間が生きる〟ということをあらためて問いなおす——これこそ文学の課題でもあろう。

（一九七三年四月）

　日暮れどき、ラッシュの熱気と騒音を満載して走る電車が駅の停止信号でふいと止ると、どこからともなくすだく虫の声、線路わきの叢や枕木のかげからしだいに大きく鳴きはじめるこおろぎの声に〝静〟の一瞬を意識する、そんな秋の訪れ。

年ごとに過熱する騒音に呑みこまれゆく都会生活、盛り場では一〇〇ホンを超えようという音量。電車やトラックの轟音、工事現場の炸裂音、工場の唸り、スピーカーに拡大された音楽、はては人びとの叫喚まで、音公害に侵蝕され、いやそれにすら不感症となり、麻痺してゆく生活。スナック喫茶などでよく見かける、ヴォリューム一杯に開いたジュークボックスのかたわらで、だまりこくって漫画本を読みふけっている若者たちの姿、はりさけんばかりの音のなかでは対話だって成立つまい。行動は、刺戟に対する条件反射ばかりで、目前の利欲に振廻されるところで終わってしまう。

誰の意志かは知らないが、人々を、思考停止のまま騒音洪水の渦に押し流し、どこか途方もない彼方へと連れ去ってしまう力に、私は恐怖を感ぜざるをえない。騒音に慣れてはいけないのだ。人類が滅びるまでは繁栄の狂躁に拍車をかけるであろう時代のなかで、せめても街の喧噪に背を向けて、ひとりひとりが思考の砦へ降りてゆく、そんな季節なのだ、秋は。

（一九七三年十月）

晩秋である。秋も終りごろになると、東京でもある特有の感触があって、それはたとえばつるべ落しの暮れがたの時間の早さ、肌に泌みとおる冷気、しぐれた空にたちのぼる落葉焚きのパチパチとはぜる音、煙、その独特の焦げるような匂い……昼夜をわかたぬ都会の喧噪と照明のなかでも、ふと静かな町に足を踏み入れると、妙に人恋しくもの悲しい気配が漂っているものだ。だから秋は嫌い、と言う人も結構いて、それは自然にたいして人間が勝手に感じとるものであるけれど、感性は鋭ければそれだけ悦びも深いかわりにまた見なくてもよいものを見てしまい、知らなくてもすむものを感じてしまうという痛みもあろう。芸術などという存在は所詮はぜいたくなしろものだし、無くてすむのなら無いほうがいいのだ。それは実人生の余白の部分であって、生きるうえでの運命的な制約への代償行為、自我の主張、あるいは欲望というものの見果てぬ夢の追求、など言いかたはさまざまあろうが、いずれにせよ人間の肥大しすぎた自我意識と感覚の、飢餓感にほかならない。逆に言えばそれは余剰でもあって、この過剰と飢餓のぶつかりあいの、意識的な操作の作業が文学というものであろう。

（一九七六年十一月）

鮮烈な光の反射のなかを飛び散る水しぶきの躍動、プールサイドに恰好《かっこう》よく肌を焼く色とりどりの水着姿、それらを囲んで咲く大輪のひまわり、真紅のカンナ、雲ひとつない空の青さ……目が眩むような夏が来た、と思わずにはいられない風景だ。一見何事もなく平和に見えるかがやかしい夏の、この空の色のイメージが、だがふしぎに三十余年前の夏の日の、あの空のあおさを呼び起す。終戦の日の、あの抜けるように青かった空の色、陽の輝き、いやにしんと静かだった昼さがり、それらが強い印象として、記憶のなかに甦る。

年月が、時間が糊塗してしまったもの、何かに歪められて変質してしまったもの、または行雲流水の如く失われていったもの、絶えず動いている歴史のなかで、当然個人の人生もまた絶えまなく流れているのだが、そのように一見何気なく過ぎてゆく表相の下から、たしかに存在するはずの真実を、引きだし光をあてることこそ、文学というものの役割でもあろう。何事によらず、評価の基準というものはまちまちだが、その時代の趨勢《すうせい》に圧されて価値づけてしまうことが一番たやすいようで、だがそれがもっとも恐ろしいことであるのだ。（一九七七年八月）

立春とは名ばかりの厳しい寒さがつづく。この冬は暖い日ばかりだったのに、冬は、土壇場になってその面目を懸命に主張しているようである。果物屋の店先は冬の間じゅう、苺、林檎、みかん、キーウイ、メロンなど色とりどりの果実で賑い、菜の花の辛子合えなど、真冬に食卓の小鉢に色どりを添えていた。文明のせいか暖冬のせいか、一年中季節もさだかにわからぬほど、物資が出まわり、やがて刻々と近付いてくる食料危機など考えられぬほど、物質文明がけんらんを装っている。それに比例するかのように、精神の貧困へと時代の通路は開かれているようだ。

この冬に、私はある機会から、未知の人々と文学作品のうえで交流し、理解し合うという貴重な体験を得た。そしておもに、都会から遠く離れた所にまだ、現代という手垢に汚染されていない、無垢で素朴な魂の所在を発見し、嬉しく思ったものである。作品に対する批評や感想は、おのずからその人間の精神の位相を顕現してしまう。ものを書いていくということの何よりの喜びは、何処か未知の場所に、真に良い作品、触発さるべき文学を見付け出し、その背後に彷彿として存在する作者の精神を感得できたことに、他ならない。その精神的血縁のような共鳴が、厳しい道を究めていく力となり、救いとなるのである。

（一九七八年二月）

冬は今年も、輪廻のように、やってくる。私が寒さを嫌いなせいばかりでもあるまいが、一九七三年初冬の石油ショック以来の、世界を侵している保守化、体制化への移行の傾向には、肌寒さを覚えるものがある。深刻な不況のもとでは、背に腹は代えられないということとなのだろうが、日常さまざまな場面でそれは端的に思い知らされる。言わずもがなの論ではあろうが、今またあらためて問うなら、それはどういう処に行き着こうとし、どうなる結果を意図しているのか。

私たちが、自己の身の廻り一平方米ほどだけでも安らかに、充ち足りて生きられる空間を欲しい、というきわめて人間的で素朴なささやかな願いを、ふと気付いてみたら、大きな圧力に押し流され押し潰されていた、ということだけにはならないように、と願うためにはしかしいま何が必要なのか。権力に対して反権力をといった、目には目を式の原理は当てはまる筈はなく、むしろ体制の局外者としてのきびしい自己認識を持つことしか、決して侵《おか》さない侵されない、殺さない殺されない、関係を保つことはできないであろう。人間の個の回復のために、せめても権力には与《くみ》しない側にまわるという……。

文学という枠のなかでも価値観は多様にあるけれども、それはそれで良いとして、その底流に、もしこれらの認識と自覚がかかわってこないとしたら、それは基本的に文学としての意味を失い、そこにたずさわる人間も、創造者としての資格を失うことになろう。

（一九七八年十一月）

この六月は史上最高の気温、最少の雨量になりそうだ、という今年の東京地方、さなきだに石油問題、便乗値上げと重苦しい不快指数をかぞえようというこの頃、小誌の原稿の集まりも相変わらずおそい。締切り日を過ぎても、郷土みやげの梨を鞄から取り出して「原稿はナシです」と恐縮そうに言うA君。夏みかんを原稿がわりに差しだし「まだミカンセイです」とB子さん。「もうチョコレット待って」とか「スコッチ時間をくれ」とか苦しまぎれに舶来のチョコレートやミニチュア瓶でお茶をにごすCさん。袖の下では騙されないぞと決めていてもこちらも筆のおそい無能者ときては、あとはスコッティティシューくらいしか用意するものはない。原稿というものは一生懸命になればかえってはかどらなかったり、ある日啓示のごとく作品が出来上ったりもするが、たしかにかなりな労働であることは事実だろう。まあそんなわけで、〈禺妻〉という魂の集りも、何とか和気藹々とやっている。

合評会では一つの作品に二・三時間もかけて、その成立ち、今後の問題点、モチーフやレトリックなど、はげしく且つじっくりと批評をし合っている。何も時間をかけたから良いというものではないが、逆に時間をかけなければ真髄まで見えてこない、というのがわれら凡庸のかなしさでもある。皆忙しすぎるのはわかっている。しかし一般の風潮として、読み手も書き手もずいぶん安易になりすぎているのではあるまいか。自身の栄達や金稼ぎに奔走する時間と労力をもう少しさけばよいのである。この物質文明の氾濫が、すべてのものを消耗品としてしか捉えなくなってきているのはたしかだろう。だが何故書くか、その深奥に何があるか、過去から未来への、人間のこの因果な運命を見極めることは、そんな怠慢さではとてもおよびもつかない。

（一九七九年七月）

人間には二個の眼球がついている。片方は巨視の眼、もう一方は微視の眼、とでも言えようか。その遠近の両極からレンズを絞っていく、と一個所でぴたりと重なる焦点がある。そこに文学という像が見える。

現代社会のこの多重層の状況のなかで、がっちりと仕組まれた制度と孤立した個の領域の重なり、客体と主体の認識の混迷、さらには顕在と潜在の意識の織りなす混沌とした交叉のなかに、〝時〟の啓示を受けて、ひらめき息づく地点こそが、ポエジイというものを孕んでいると言えよう。

J・P・サルトルが急死した。世の評価と批判はさておき、戦後の日本に多くの影響を与え、人は状況を抜きにしては存在しえない、現実に在る人、をまずみとめる、ために懸命に生きたアンガージュマンの哲学者について、ここでもう一度考えてみたいと思う。（一九八〇年四月）

八月某日、朝起きてみたら、秋が来ていました。空の色も向日葵の花も、何も変ってはいないのに、そう、なんとなく陽射しが遠くから来るようで、気がつくと、風もひやひやと肌にまといつくのでした。何も、思うほどの仕事も為し得ぬまま、光陰は矢の如く飛び去っていくのです。一九八一年夏、素朴な、一人の人間の可能性の発芽が、すべて八方塞がりのように思える社会情況のなかで、さらに自己の人生を犠牲《いけにえ》にする決意が持てるかどうか。文学という営為のために。真実というもの、あるいは虚構というものの表現のために。

私ごとになりますが、今年は唯一の肉親である父を亡くし、まさに天涯孤独となり、その相続にまつわる親族たちとの、対人関係の確執や裏切り、そのうえ頸椎の異常と心労からくる眩暈や痺れ、頭痛など、すっかり体調をくずして、さんざんの年回りとなりました。そんな時、身近の人の心の裏がわが、よく見えてくるものです。

人間存在のかかわりの、根元への問いかけや関心という視座、その感受性や批評認識に、書くという創造行為の原点を委ねたいものです。（一九八一年九月）

秋冷が身に沁みる頃となった。大都会の真ん中では、曇り夜のほうが戸外が明るい。晴れて澄みわたった空にかかる満月の明るさよりも、雲の層が空を覆う夜が、なお明るいのだ。それは厚い雲に、地上の夥しいネオンや街灯の光がぶつかりはね返ってまた地上へ戻ってくるので、真夜中空を見上げると白っぽい雲が一面に垂れこめ、この住居の屋上でも、灯火無しに文字が読めるほどなのだ。あくまでも暗く、底深く、名月の蒼味を帯びた明るさに目を瞠った、かつての夜が懐しいものに思われる。

詩人の周辺でも、近ごろ殊にとは言うまいが、人間関係の雑音ばかりが取沙汰されて、肝心の詩作品の、生命がけの呻吟や、修練や思索などについてはあまり論議の上に出てこない。作品を読解することのむつかしさ、より良い作品を産みだすことの身を削る苦闘、澄んだ感性と深い認識から創造される、秋の名月のような孤高のきびしさと矜持、などと言ったら、時代錯誤とでも笑われかねない現代の世相に倣《なら》った、ひどく便宜的、体制的な匂いが、そこにはただよっているのだ。

文学にたずさわることの何よりの喜びは、真によい作品に出会うことができ、そこから作者のすぐれた文学精神を感得し、理解と共有の精神的基盤を獲得できる、ということにほかならない。文学精神の結晶である〝作品〟を、全力をこめてひたすら書くことにこそ、充足がある筈なのだ。

（一九八二年十一月）

ひややと肌にまつわる早朝の霧が、季節の推移を知らせてくれる。が、都会に降る霧は、あの、山合いを流れる爽やかな霧とちがって、有機物や塵埃を多く含んでいるので、濁って重たい粒だ。近ごろ、文学にかかわっている人々の間にも、何やらこのような、濁って重苦しい空気が感ぜられる。

既成の権威や差別や理不尽に抗《あらが》う姿勢こそが、本来は詩人の矜持のほどであった。むろん、情報化社会や技術文明の発達、物質至上主義など、私たちをとり囲む社会情勢が、それを困難なものにしてはいるのだが、いかにも商業主義に巻きこまれ、時流におもねる傾向ばかりが、目につく。

産みだされた作品が、他者の心になにがしか寄与することが出来れば、そのことによって、すでに作者は充分に報われるはずのものであり、それは名声や格付けやましてや実利を伴ったものではさらになく、人間という個の存在の、自己実現としてなされる種類のものであろう。言わずもがなの正論がむしろ奇異に感ぜられるほど、大きく狂ってきている何かがあるようだ。その意味でも、何故、書くか、という問いかけを、あらためてきびしく自己の内奥に引き受け、素朴な原点から、個の自由と回復を取り戻さなければならないだろう。そして、読み手も書き手もずいぶん安易に過ぎる風潮のなかで、何よりも他者の作品を読解する視野の広さと心のやわらかさを、持ちつづけたいものだ。世の中が、自己の利益ばかりを追求していくその網の目から、おちこぼれていく人間性の尊厳を、大切に拾い集めていこう、と思う。

（一九八三年十一月）

短文抄＊＊

井上靖の詩について──窮極の帰依《きえ》のせかい

新聞記者という職業が、作品形成のうえで大きな影響を及ぼしている。徹底した取材、社会性、客観性、事物に対する正確な把握の手法など、それまでの日本の私小説的な文学の風潮を変えた。

ナイーヴな感性で、言語にたいする研鑽、修練を経たうえでの言語表現。時代的にも文章には漢字が多い。美しい日本語を駆使し、美学の徒としての芸術的感受性、リリシズムは人間の孤独、哀切をよく表現している。

井上詩は、多く言われているような抒情詩ではなくて、叙事詩の整合性のうえに成り立っている独特のせかいを持っていると言うことができるだろう。そしてそれは、巨きな自然の摂理や運命への敬虔な〝帰依《きえ》〟とでも言えようか。井上文学の根底には、この帰依の精神が通奏低音のように響いている、と思うのだ。

今風《ふう》に言えば、癒しにも通じるものであり、端的な言い方をすれば　事を叙する　という新聞記者魂と、人間を支配している命運や摂理とが、出遭《あ》った地平にこそ、彼の『詩』が火花を散らしたと言ってもよいのではあるまいか。

（二〇〇一年十一月、中日新聞での井上靖詩についての講演の際のレジュメとして）

詩歌文学館賞受賞のことば

このたび賞を戴きましたこと、心より嬉しく、また身のひき締まる思いでございます。私にとって、生きることの自己現実が、ことば、というものに拠《よ》っているのであってみれば、たとえつらくても書きつづけていくというひとすじの道しか、ありません。人間存在のいよいよ底深く、不可解な総体に、迫りたいということにこだわり、祈りにも似た思いで、究《きわ》めつづけていこうとねがうばかりでございます。

有難うございました。

（「すばる」一九八七年六月号）

作品論・詩人論

『在処』跋文

金子光晴

　最匠さんの詩をひらいて、正直私は、これは少々難物だとおもった。この詩の表相の下にかんじんなことがあり、それをつきとめるには、手がかりがないということである。詩の観賞は一面、因果なところのあるものだ。詩と人間の閲歴とのからみあいということになると、それは、その人の閲歴に特別な介入の機をゆるされたものでなければどうにも手に負えないことである。むろん、一般の定規というものはあり、作品の巧拙を決定する準縄が存在しないわけではないが、みるからにそれは大まかなものであり、一応の整理という意味をもつだけで、もとより、作品と個人の執念《しうね》く、いたましいかかわりあいに立入るような愚な真似はしてはならない。

　最匠さんの作品の場合は、そこのところを見すごしたのでは、批評にも、観照にもならないのではないかと怖れる。もちろん、この詩がいいとかわるいとかいうことも、そらぞらしいことになるのだ。

　一つの詩と対象とのふれあいの動機だけが、ここでは問題である。その動機をつくった、彼女の今日までの人生の歩みの痛ましい経験がのこしたもの——それがどんなものであるか私は知らないし、また、たって知らなければならないとも考えないが、逆に、それはほんとうはこの作品をみて理解すべき性質のものかもしれない。その苦しみがフィジックなものか精神的なものかもはっきりしないが、いずれにせよ、いたましさは一つである。彼女がもの心つかない昔の、くらい窈冥をくぐりぬけての実感かもしれないし、なにかもっと具体的にトラジカルな感情を誘発するような事件があったためか、それは人の推量の埒外のことであろうが、サント・ブーヴ以来の批評家は、そこに一人の芸術家の出生の鍵をみつけることをおぼえたものだ。

　この詩集の詩をよんで私の感じることは、作者の経験が持ち込んだ、例えば、ガラスのこまかい破片がめちゃめちゃに喰込んだ傷のいたみのような、皮肉を刳《えぐ》っても除去しがたい状態を感じて、おなじいたみにこちらも傷つくのである。

あるいは、詩と作者とのこうした関係は、とりわけ今日の時代苦を母胎としたということで共通のものをはらんでいるのかもしれないが、最匠さんの特徴は、言葉の措置《そち》、神経のつかいかたの繊細さはもちろん、羞恥と美の七彩に彩られていることにあろう。その領域では非常に個性的だとおもう。私の好みとすれば、最後の自伝的な散文詩などであるが、それは、人それぞれの受入れかたと評価があろうし、そのためにこそ、出版してひろく世に問う意義もあろうというものである。

蕪才、多く意をつくさずの感なきにしもあらずだが、この作者の将来を祝福し、心ゆくまでよい仕事をつづけてゆかれるようにと、祈っている。

昭和四十五　孟夏

（『在処』一九七〇年）

『在処』跋文

村野四郎

最匠展子さんは難解な人だ。会っていても人格がなかなかつかめないし、詩をよんでもそのモチーフが容易にとらえにくい。

非常に密度の高い部分があるかとおもうと、けろりとした空白の部分もある。パッショネートなところがあるかとおもうと、諧謔やサタイヤの冷たい神経の行きわたった知的な個処もある。

これは彼女の生れつきか習性か、よくわからないが、この詩を読まれる誰でも、こうした彼女の心的特徴を経験されるにちがいない。まあいずれにしても、この著者の内面事情が、異常な神経の鋭敏さと、強烈な自意識との交錯であることにはまちがいがない。

しかし詩は単なる告白ではなく文学でなければならないから、我ままな主観はそのままでオリジナリティーにもリアリティーにもならないことは云うまでもない。それをゆがめることなく、滞りのない表現と芸術的な空間創造のために、言語の精練過程が必要とされなければならないはずである。それがアートというものであろう。

　この詩集には、まだ精練過程が残されているとはおもうが、この著者が、少くとも歌うべきものを豊富に抱懐していることだけは確かだ。およそイマジネーションの枯渇した詩人ほどみじめなものはないが、その点、この著者はめぐまれている。彼女のすさまじい自我の歯ぎしりは、そのまま詩人としての宝である。

　私が、きょうの彼女の未来に多くの期待をかけたく思うのは、その点にある。

一九七〇年　夏

（『在処』一九七〇年）

最匠展子の詩・その未見の領土／救済の地平

長谷川龍生

最匠展子の詩・その未見の領土

　最匠展子の詩の展開は、きびしい内省のまなざしをもって、外部の生きる空間を一つ一つ区切っていく。その指向はまことにきびしく、健気《けなげ》で、誠実である。そして放たれているその内省のまなざしは、何を光源としてかたちづくられているか、生きていく自我のはげしい葛藤と、それを包もうとする限りない優しさとの織りなすアクセントであろう。

　ゆえに、詩の展開は、すでに認知の空間であるにかかわらず、不可視的なものもくるんでいるため、観念性の成り立ちと誤解される危惧がある。この詩人において観念の操作は、むしろ否定されているもので、きびしい内省のまなざしは、独自の思考の軸をともなったリアリズム手法なのである。

　このリアリズム手法は、手ごわい。いままでの系譜には見あたらない。不可視的なものを、可視の情況にもちこみ、その場において初めて見る世界そのものを創造するため、読者にとって、ものに対する原点と、その視界の地平がかならず要求される。その根源を見つめようとする姿勢を煩わしく思う読者にとっては、感受性は、たちどころに霧散してしまう。実はその手法に耐えられないのだ。

　しかし、その在処に、耐えられないほどに耐えつづけているのは、最匠展子自身であり、その健気さに拍手をおくりたい。よくぞ地平の此岸にあって、希望への可能性を喪失するほどの生きる重さと、激しい高波にさらされても、自身の根源をはぐらかさなかった事実が、明らかに「存在の詩」をもたらし、形成している。

　現代詩において、これほどの「存在の詩」は、せつない驚きである。存在の顕現が、この詩人の生命そのものである。いのちを削りつづけるこれらの詩群を、他者はどのように対し救うことができるだろうか。それは読みこむほどに解ってくるだろう。

　真理を摑みとる直観の鋭さ、一途なことばの精錬、屈折した心の重層、鮮明な知性の振幅、その一つ一つが論理性に裏打ちされて、現代の不幸に向きあっている。その対峙、鉄の壁のような限界から降りそそぐ苦痛、その痛みを全身にうけて、針一筋のような希望の曙光をつなぎとめているのは、この詩人の高度な力量によるものであろう。原点と未見の領土の二極性を見きわめる思考は、やがて、いつの日か、大きな限界を破ることになる。境界域をただよいながら、この詩人の愛と才能が苦難を克服していく、その道程こそが、新しい詩を生む才能の業である。

（『そこから先へ』跋文、一九八二年）

救済の地平

　最匠展子さんの詩的才能を、最初に発見したのは、今は亡き金子光晴である。二十年ぐらいまえに、金子光晴が中心となってやっていた「あいなめ」という詩人の集団があり、その小集団の中に、最匠さんも一員として加わっており、こつこつと詩をつくることに精励していた。処女詩集『在処』で、金子光晴が跋文を寄せているがそれは秀抜な文章であり、この女流詩人の才能の背後にあるものを、確実に射抜いていたように思う。年月を遡れば、苦節三十数年になるだろう。

アメリカの女流作家フラナリー・オコナーではないが、「敵意を持った観衆」の中で、耐えに耐えて、育ちゆく年月を自分のものとして持つことができたのは、金子光晴同様、正面切った個我のつよさと、つよさの底にひそむ痛ましいほどのやさしさであろう。個我のつよさと、やさしさとの二極分点がはっきりしていて、あいまいなものがほとんどない。あいまいなものがほとんどないということは、あいまいさの中で辛うじて生きている人たちに敵意を抱かせる。これは芸術の創造の中における一つの不幸である。

詩集『微笑する月』は、すべて体験に根ざしながら、深く自己のなかに下降していく徹底した悲しさがあり、その深みの存在こそ、全人間に問う意味なのだ。ゆえに、最匠展子さんの詩的現実、つよさと、やさしさの二極分点は、「信仰」と「救済」の地平を持つことになる。

しかし、一方、読者が「敵意を持った観衆」の一人であるならば、最匠展子さんの立場は理解することができない。世間を一まわりするだけのつよさ、やさしさだけでは、誤解という困難さがあり、「愛」と「地獄」の在所には、到達することができないのである。

そこのところが、私にとって興味津々たる材質である。『微笑する月』では、犠牲にされる自己を飼い馴らしているところもあり、絶望もろとも、いっきょに幸わせの岸にたどりつこうとする意志がただよっている。この場合、「神」は潜伏しており、その影すら把握することは不可能であるが、救済の希念と信念とに烈しくもえている意志は確認することが可能である。

このようなタイプの詩人は、この日本では珍しいと言える。ゆえに救済の中軸になる意志のつよさも、自ら潜伏しているような様相を持つことになる。

このたびの受賞に関しては、意外な人々から賛意の表明があった。「敵意を持たない観衆」、かくれたる善意の読者が多く存在していたのである。その事実を、選考委員の一人として、よろこびたい。最後に、最匠展子さんの「救済」の詩業は、特定の宗教観にワク組みされるものではないだろう。おそらく、永い人生の果てにおいても。

（「すばる」一九八七年六月号）

遙かにはぐれてしまった魂のゆくえに――
最匠展子についての私的展望

左和伸介

ゆきゆきていずこの里にや至らむ、

いずれその里でも在るものと、そうではないものとのはざまにしか身の置き所はない。可視的と不可視的との間には、まさに一瞬の時間しかなくて、その時間のなかでこそ、何かを見、何かを書こうとする。だが、この世界は最匠展子が好んで求めた世界ではあるまい。第一詩集『在処』（一九七〇年刊）であきらかにしたように、これはその生い立ちから成人期、それ以後にもわたる最匠展子にとってはじつに不条理な、さまざまな誤解と疎外、理由不明の差別、周辺を取りまく常識人間たちの坩堝のなかにあっては、身を細め息をころして生きるほかはなかったようである。通常の概念で説明の出来ない世界へと次第に傾いていく過程では、その素朴で繊細な資質のまま、周囲に溶けこみ彼らと同等の価値観を持つこと、が先ず求められた筈である。だが所詮はくい違いのまま、自らがどの場所にも属せない、という孤独を獲得することとなる。人は群れて生きる。その群れ、からはぐれ、ぎりぎりの危うい足場にしか立つことの出来ない者にとってその、群れ、への回帰は切実である。激しく希求してなお相容れないことの傷が最匠展子の詩の原点にあろうかと思う。これはまさしく健全な思想であり、若い頃から病弱で今なおひ弱な日常のなかで、自らの地平を見定めようとするその眼差しは健気《けなげ》であり、更にその糸のような狭い足場は、まだ見ぬ未来の方へとおし拡げていくほかはない。それは最匠詩の、華麗な言葉の綾なす世界が徐々に苦悩からの解脱をとげながら、新しい地平の存在を確認していくこととなろう。どんな局面にあってもつねに巨視と微視との複眼を持つ、その愛と優しさのゆくえが、どのような里に行き着き、そこでなにを具現し得るのか、は読者のひとりとして深い興味を持つところである。（絶筆）

（「火牛」第二十五冊、一九九一年三月）

荒涼たる自己原理　最匠展子『微笑する月』

鎗田清太郎

最匠展子詩集『微笑する月』は、生の事象とのかかわりのなかで自己存在の荒涼たる原質を洗い出し、見つめ、その意味と現実との狭間をさまよい歩く一人の女人の表白であって、卓絶したレトリックと相まち出色の詩集である。巻頭の「煮えるまで」はビル裏の屋台に雑炊を注文しながら食べないで夜風に吹かれながら帰るという詩だが、それは食べるのが目的ではなく、ビルの谷間の路地の薄汚い屋台に坐って雑炊を注文することによって、美学喪失の惨めな自己存在の原質を諦視しようとする無意識願望の例を示す。

　また「砂に埋もれて」では、回廊の手摺りに凭れて中庭の砂地の杭を見ながら、いつかその杭に自分自身が融化し、その原質の位置を確かめている。気がつくと背後にはうつろな花があり、人々も「すべてが同じ顔つきをし」、杭になって砂に埋もれているではないか。「箱型宇宙で」のエレベーター、「ずっと時を経てから」のブランコなどもそういう杭と同じ存在原質、もしくはその原質の意味を証明するために対位されたものとして形象されているのである。

　今夜は　花の意識を捨てた／昨日は何を捨てたか　思いだせない／むなしく貯めた歳月の切れ端しにくるんで／それが生きる営為でもあるかのように／ビル風に吹き飛ばすのが　ひそやかな愉しみだ／あやかしの石畳にびっしり書きこまれている／数式の記号を読みとるのには／この界隈は　暗すぎる（「煮えるまで」一節）

　こういう最匠の凝視されている原質を、その具象的な自己史形成の原風景にキー転換してみるならば、意外というか当然というか、古い日本の家父長専制構造による「家族」のなかでの「女」の虐遇的位置・生活、それにまつわる不可抗的にねじられてきた意識の形成情況が見えてくるのである。それはたとえば佳編「畳と紐」「花もよう」「家は通り抜けるために」などに現われている。

　手離せば　紐は咽喉笛にからみつくだろう／拒否すれば　血の流れゆく先がない／紐を伝わって少しずつ／涙

は　縁の下のせかいへと沁みこみ／湿り　べとついた上表では／いつも生きものの／紐は　はねる／我執や相剋をないまぜに／弯曲した鏡の面をいろどる一場の／遊園地の不思議館の／光景のように　（「畳と紐」一節）

あれは　きっと風の強く吹く日のことだ　聞こえる　聞こえる　密閉されたカロウトの中を吹きまくる　風の音　本はぱらぱら／とめくれ　さらさらとちぎれ　歓喜の母の骨がそれを食べているのだ　跡かたもなく食べつくして　人間の視界から隠してくれた　親族の非難の場から　守ってくれた　わたしの　母　（「消えた」一節）

全般に感情の露出を抑えた硬質の文体を意識的にめざしているかに見えながら、「親族の非難の場から　守ってくれた　わたしの　母」のように、処々にこれだけはという思い入れで発せられるナマの言葉がかえって詩の冷凍をふせぎ、読む者にも一種の救いと安堵の感情を喚起する。それは、荒涼たる人間原質探求の原風景でありながら、やはりどこかから女っぽいエロスが匂ってくるということと通底するものであろう。（『探詩縹渺』一九九八年土曜美術社出版販売刊）

『絶章』帯文

辻井喬

かつて井上靖さんは「女流を超えながら、なおその詩情は、女性そのものである」と書いた。その詩人、最匠展子さんの第五詩集は『絶章』と名付けられている。最初の詩集『在処《ありか》』以来、彼女は常に自分のいるべき場所を探して来た。

その場所は見付かったのだろうか。それはこの詩集を読んだひとりひとりの胸の裡のことだと、詩人は話しかけているように見える。

彼女は、迫って来ている何かを聞いている。それはおそらく〝時代〟の足音である。最後の舟が出る時、積残される者の切なさへと詩人の心は寄り添っていく。「もうこの世にはいないのだと　確信する　それでも待つことが好きだった」という優しさが、絶望への共感から、静かに美しく身を起す。

（『絶章』一九九五年書肆山田刊）

自己の内なる現実への凝視（抄）

成田敦

最匠展子『絶章』（書肆山田）

この詩集名があらわしているのは、のっぴきならぬ精神的な触覚の表徴であろう。まさしく世界が氏に向かって突き刺さってくる反転した言い回しであろう。集中の表題「誰も真実《ほんとう》の意味をわからずに」という言葉は、生きる日々、私たちの感情の深層を形成するキーワードに気付かされる。美しい記憶もなく生かされて来た時代のなかで、現実をみつめる本集のイメージは、乾いた波動を鮮烈に放ってくるのを覚える。

本集は、〈人間の尊厳、自由へのいとおしさとねがいが〉基調音にとりこまれ、現代人の孤独感がうらはらに定着されている。氏の日常の現在性へ視線を凝らした、つまり氏の都市生活者としての深層をかすめとる、そんな詩編たちと私の心が濃密に触れるのを感じる。

たとえば、躰のなかの胃のポリープを切りとる刃先を元寇に見立て、未来のうちに人類の生存を見据えた「積み残されて」。ゴミ袋を四つ辻に捨てにゆくと向こうからポリ袋の大きな袋を担いでくる男に大国主命を連想し、現代へとまぎれ込んだ大国幻想をめぐり歩く「担いでいた袋」。あるいは鍵を失くし自宅にはいれない、鍵師を呼んで開けてもらう嬉しさと同時に開けられてしまう怖さを描いた「鍵師来る」など、都市を生きることによって、都市の表層と深層との錯綜にひそむ現代人の意識の再生を本集は、想像力を浮上させて発信してくる。

歴史＝日常を生きる氏は、いま〈そら恐ろしい　一回性〉（「For the first time」）の生のなかで〈いつだって　静かに生きていたいと願う者にとっては／うやむやのままに

現代は走り過ぎていく〉（「空欄のまま」）この生き難い認識を通して〈どんな姿態で眠るのが／もっとも人間の風景にふさわしいのか／誰も想像できない姿かたちで／いっとき　わたしはゆたかに眠りにつく〉（「もっと別の」）という氏の生と思考を『絶章』で捉えることができる。

（「詩と思想」一九九六年六月号）

悲しみと喪失の詩人、最匠展子さん　長田《おさだ》光展

私が最匠さんとはじめてお会いしたのは、平成五年、私たちのボランティアの会に最匠さんが偶然参加してくださったときのことでした。この会は、死別後の悲嘆を語り合うことで、悲嘆から徐々に立ち直るのを目的としたものですが、その頃、最匠さんは最愛の人を亡くされたばかりで、その悲嘆のご様子には想像を絶するものがありました。思い出のあふれる自宅では安息することも出来ず、バス停のベンチで夜を明かすこともしばしばあり、会では、天涯孤独の寂しさと、家族への、また、相互に支え合える人間共同体への切望を、求めてやまぬ、「至福」でもあるかのように繰り返し語られるのでした。

悲しみはしばしば過去の記憶の再現であると言われます。過去の悲しみと繋がり、重なり合い、ときに増幅されるようにして、現在の悲しみがあります。途方もなく深く大きな最匠さんの「絶対孤独」に耳を傾けながら、私は、これほどの悲しみが喚起される裏には、それを引き起こすに足る何か途方もなく大きな悲しみの記憶、原点ともなる「至福喪失」体験が最匠さんのなかに隠されているに相違ないと想像せざるを得ませんでした。その想像は、最匠さんの処女詩集『在処』を拝見することで確かめることができました。

最匠さんの詩的想像力の重要な源泉の一つに、少女期におけるお母様の死という「至福喪失」の悲しみを見ることは決して行き過ぎた見方ではなさそうです。例えば詩集『在処』は、その巻頭に「至福」を激しく希求する「行けない」と題する詩を置いています。「走ろうとして縺れる　足が／息づこうとして喘ぐ　肌が／……／あそこまでゆけた　としたら」。ここではまだ激しい渇望だけがあって、渇仰される至福の対象は不明のままです。しかし、次の詩「底では」では、早くも呆気なく終わる「虐殺」や「ちちははたちの葬列」という言葉が現れ、さらに「化石」では、「わたしがまるで知らなかったずっと昔から／いつもここに　在った」悲しみの「石」がうたわれて、それが母の喪失に関する悲しみであること

が明らかにされます。詩集の最後を飾るのは悲痛な散文詩「ガラスの歯」ですが、「父や祖母や兄や姉やの足の裏」に踏みつけられ、無残にも砕け散った「ガラスの母」の、その母の「死」をうたうこの痛哭の喪失感は、「命と土と脈打つ血の流れ」とのつながりを奪われ、「人間である最初のどこか　宇宙につながるはずの最後のどこか　深奥の一点で狂いだし」た、悲しみと喪失の詩人最匠さんの心の在処を明らかにし、「絶対孤独」の心象風景を完成します。

エレベーターの轟音のなかから燃え立つ火葬場の母を幻視する詩「光に捉われて」（『そこから先へ』）は、「至福喪失」の悲しみが素直に発現した最匠詩の白眉ですが、同じ喪失感覚はさまざまに姿を変えて、空ろな現代人たちの姿や非情な都市の姿となって、最匠さんの詩に様々な現代的装いを与えています。しかし、最匠さんの現代性は、何よりも病みたる人々の世界を描き出すことにあるのではないでしょうか。掌の皺のなかに幻視されるのは自閉症的な町の光景（「掌のなかに」『そこから先へ』）であり、存在すること自体にある違和感は、不調和な身体感覚となって表出されます（「そこから」『在処』）。

最匠さんはその自己の絶対孤独と神経症の発生を、「父」という詩（『そこから先へ』）で克明に描いています。繊細孤独な作者にとって、母の存在は幼児期以来、作者に許された唯一の愛と安全の砦であったに違いありません。その「病気の母を理不尽に打擲し　土下座させ　その頭上を足裏で踏みつけ」た父、そればかりか、その父は、まるで壊れた「傀儡」でもあるかのように作者まで捨てる。この挿話が凄まじいのは、父を激しく責める作者が、同時に、その父の愛と是認と和解をそれと同程度の激しさで渇望していることでしょう。父を激しく拒絶し、同時にその父を激しく求める――母をめぐる「至福喪失」劇の原点には、この「二重拘束」の心理も隠されていたようです。

最匠さんの愛の詩に、常に正反対に向かう二つの衝動が共存するのはこのためかもしれません。「なんにも言えなかったのは／あんまり溢れていたのだという／／なんにも言わなかったのは／そんなに大切にしたのだ　という／／だから　なんにも侵さずに／みんな別れていって

しまったのだ　と」（「なんにも」『在処』）。「溢れようとする衝動」はそれを「禁止しようとする衝動」によって見事に阻止されているのです。同じ原理は、作者のもっと成熟した愛の詩にも常に登場しています。「そこまでゆくと／喋らなくなるのが　私の性《さが》／……／いっぱいに張った宇宙の熟れたつけ根から／ふうっとひとり　わたしは距たる」（「あなたに」『在処』）。「母」との一体化が、「父」への拒絶を呼び覚ますからかもしれません。

最匠さんの描き出す心象の特徴は、それが自己に根ざすものでありながら、同時に病む文明全体の様相ともなっていることでしょう。窓や戸口からいっせいに詰問の目を向ける同じ顔付きの住人たちは、よく見れば、「わたしとよく似ていた」人々であり、「手袋にはちいさすぎた掌《て》／帽子にはいびつすぎた　頭／……／手をつなぐには遅すぎた跛行」とうたう最匠さんは、詩の最後を「わたしは始めてそこから　わたしだ」と結ぶのです。

私が最匠さんにいつも敬服するのは、豊かな感受性とやさしさのなかに秘められた高い知性、病理に対する深い造詣、そしてその卓越した見識です。私はふと考えることがあります。現代は女性の時代と言われるほど個性と主張に溢れた女性は多いのですが、だからこそ、今日もっとも必要とされているのは、「病む」こともできる女性ではないのかと。心身を病むまでに深く存在の意味を問い、自己を見つめることの出来る女性。最匠詩のもう一つの特徴は、そこに成熟を見つめる一貫した視線があることですが、成熟を尊ぶ最匠さんは、この意味でも今日稀有の詩人の一人なのです。

（二〇〇七年十月）

「待つ」詩人、最匠展子

北川透

不思議だった。最初に開けたページの作品が、「待つ」だったからだ。それを見て、わたしの中の躊躇いが消えた。

最匠展子……、むろん名前は知っている。二十年くらい前の時評で、この詩人の『そこから先へ』という詩集を取り上げたこともあり、他の詩集を読んだ記憶もある。だから、どういう詩を書かれる人かを知らないわけではない。しかし、会ったことも、見たことも、年齢も、住所も、経歴も、つまり、詩以外のことは何一つ知らない詩人の詩について、何かを書くように依頼された記憶がなかった。

むろん、詩について書くのに、その作者について知らなくてもいい、ということはいちおう言える。しかし、最匠さんの場合、わたしは恥ずかしながら、あまりに知らなさすぎた。それでとりあえず、返事を保留したまま、現代詩文庫版のゲラ刷りを送ってもらうことにした。それを見れば、この人の年齢も、どういう詩誌に所属し、どんな詩人との交友関係を持っている人かは分かる。しかし、そんなことが分かっても、わたしが書くか書かないかに関しては、どうでもいいことだった。

わたしを突き動かしたのは、この文章の冒頭に触れた「待つ」という作品である。詩集『絶章』（一九九五年）の中のこの作品が、いきなり眼に飛び込んできたのも不思議なら、この詩自体が湛えている、複雑なイメージや感情の構成も不思議だった。あぁ、この人は待つ人なんだ、と思った。その途端、わたしの躊躇いが消え、詩の世界への親近感が湧いてきた。それとともに、この詩人が世界に対して持っている姿勢、位置などが一挙に飲み込める感じもしたのである。わたしがそう思う根拠については、短いエッセイなので、ここでは書かない。では、「待つ」という詩は、どんな詩か。

まずそれは自分の前に現れるのを待っている、《その人》の不可解な、未成熟な像を点描することから始まっている。《その人》は少年ではあるが、それとともに幼児、童子でもあり、嬰児、胎児、それ以前の肉の塊である、とどこまでも胎内に退行する内部を持っている。その少年の幻が、朝の光を背に、初めから別れの予感を背負って現れたことがある。無垢な少年でもあり、老人でもあり、昨日と明日がせめぎあう眼を持ち、生まれたての弾力もあれば、黴臭い菌類のようでもあり、宙を焦がす火柱のようでもある……。作者の無意識の中に、暗い光体のようにぶら下がっている、《その人》の像は、いったい何を指し示しているのだろうか。矛盾した像を折り重ね、ねじり合わせている、この光体は恋人のイメージなのか、自分を拒絶した父親のイメージなのか、あるいはその複合体なのか。作者の《恋情》が潜ませている詩のことなのか、それとももっと別の何か(誰か)だろうか。渦巻くような分からなさが、読む者を誘い込む魅力を持っている。一度幻のように〈私〉の前に現れたが、《いそぎ足で去って》行ったまま、二度と現れない。彼の眠るところへ行きたいが、そんな場処はどこにもないから、〈待つ〉しかない。最後に《待ち呆け死》する愉悦が語られている。

決して辿り着けない、訪れないものを「待つ」とは、どういうことだろうか。それはおそらく、わたしたちの存在の裂け目が孕んでいる、もっとも根源的な秘密に関わっている。決して辿り着けない、決して訪れないものを、あたかも容易に到達できるものとして思い描き、そこへ人々を駆り立て、引きずり込み、そして、破滅させる巨大な車輪がある。そんな車輪を持った高速の特急列車や、さまざまな流行色で飾り立てられた列車に、わたしたちはずいぶんつき合わされてきた。〈待つ〉姿勢とは、そんな列車に我勝ちにと乗り込まないことだ。向こうからやってくるまで、待ち続ける。そして、いまは自分や周囲を襲っている惨劇こそを見続けることだろう。

むろん、最匠さんは、〈待つ〉姿勢を、いつも時代意識と関連付けているわけではない。むしろ、自分の無意識の中に蹲っている、《ガラスの歯》で《ひき裂かれ砕かれ　そして癒されないもの》(「ガラスの歯」)を、探照灯で照らすように凝視しているだけだろう。しかし、それがどれだけの力業を必要とすることか。そう思って、この「ガラスの歯」も入っている、最初の詩集『在処』

（一九七〇年）に眼を移すと、「行けない」という作品があることに気づく。《走ろうとして縺れる　足が／息づこうとして喘ぐ　肌が／唇からはことば　渇仰が奔りおちた／あるのだたしかに／あそこまでゆけた　と　したら》の一連から始まる。身体も心もことばも渇きに喘いで、あそこまで行けたら会える、と思う。そこには抱擁し、融けあい、炎を上げて燃え尽くし、《失神したわたしを抱きとめてくれる》ものがあるが、そこに行くことは不可能である、という。

この作品では〈待つ〉ということばは使われていないが、そこへは《行けない》のだから、〈待つ〉しかないという無言の意味が、余韻のように響いている。書誌的なことはよく分からぬことながら、「行けない」と「待つ」は、三十年くらいの時を隔てて書かれ、最匠さんの詩の全容を、初めと今日との両端から包み込んでいる。包み込んでいるというのは、むろんすべてが同じモティーフの詩だ、ということではない。一つの姿勢、スタイルが貫き通されている、ということだ。

そう思って、両者の中間の位置にある一九八二年刊の詩集『そこから先へ』を見ると、「ずれてしまう」という作品が眼に飛び込んでくる。おそらく学校へ行く坂道で、風景と共に崩れ、解体している少女時代の自己の姿が語られる。瓦礫に混じって、見覚えのある手や足、腰や胴、首などが《わたしの顔付きそのままに落ちている》のである。すべての規則の前で逸脱したり、ずれたりする性癖……。〈待つ〉人は〈ずれる〉人でもあった。目的地への道から、限りなく〈ずれる〉こと。それをわたしは本質的な詩論としても読んでしまう。

最後に一篇。最匠さんのスタイルがよく出て、印象に残った作品を挙げれば、詩集『絶章』から、「積み残されて」だろう。ここでは生まれた時から、運に見放され、少女期では《醜貌恐怖で人とも会えず》、一切の籤引きは当たらず、男運もなく、《周辺ばかりをさまよって》、とユーモラスに、またアイロニカルに自己像が語られる。そして、効率ばかりを重視する、時代の列車から積み残される生の姿が見据えられる。それはまた、積み残されるが故に、決して辿り着くことできない何かを、死に至るまで待ち続ける詩や詩人の姿でもあろう。

現代詩文庫 187 最匠展子

発行・二〇〇九年三月六日 初版第一刷
著者・最匠展子
発行者・小田啓之
発行者・株式会社思潮社
〒162-0842 東京都新宿区市谷砂土原町三—十五
電話〇三(三二六七)八一五三(営業)八一四一(編集)八一四二(FAX)
印刷・三報社印刷株式会社
製本・株式会社川島製本所
ISBN978-4-7837-0964-0 C0392

現代詩文庫　第Ⅰ期

166 倉橋健一　坪内稔典／松原新一他
167 高貝弘也　吉岡実／新井豊美他
168 御庄博実　長谷川龍生／北川透他
169 続吉原幸子　大岡信／多田智満子
170 井川博年　川本三郎／八木幹夫他
171 加島祥造　原満三寿／池崇一他
172 続続吉原幸子　谷川俊太郎／新川和江他
173 続粕谷栄市　横木徳久／野村喜和夫他
174 小池昌代　飯島耕一／井坂洋子他
175 征矢泰子　新川和江／新井豊美他
176 八木幹夫　小沢信男／新倉俊一他
177 続入沢康夫　野村喜和夫／田野倉康一他
178 岩佐なを　城戸朱理／矢川澄子他
179 四元康祐　栩木伸明／谷川俊太郎他
180 山本哲也　吉野弘／北川透他
181 続続辻征夫　清岡卓行／高橋源一郎他
182 友部正人　谷川俊太郎／宮沢章夫他
183 河津聖恵　新井豊美／瀬尾育生他
184 星野徹　笠井嗣夫／武子和幸他
185 山崎るり子　三浦雅士／井坂洋子他
186 続渡辺武信　松本隆／荒井晴彦
187 最匠展子　金子光晴／長谷川龍生他
188 続安藤元雄　飯島耕一／新井豊美他
189 続井坂洋子　室井光広／蜂飼耳他
190 高岡修　富岡幸一郎／北川透他

＊人名（明朝）は作品論／詩人論の筆者

1 田村隆一
2 谷川雁
3 岩田宏
4 山本太郎
5 清岡卓行
6 黒田三郎
7 黒田喜夫
8 吉本隆明
9 鮎川信夫
10 飯島耕一
11 天沢退二郎
12 吉野弘
13 長田弘
14 吉岡実
15 富岡多恵子
16 那珂太郎
17 安西均
18 長谷川龍生
19 高橋睦郎
20 茨木のり子
21 安水稔和
22 鈴木志郎康
23 生野幸吉
24 大岡信
25 関根弘
26 石原吉郎
27 谷川俊太郎
28 白石かずこ
29 堀川正美
30 岡田隆彦
31 入沢康夫
32 片桐ユズル
33 川崎洋
34 金井直
35 渡辺武信
36 安東次男
37 三好豊一郎
38 中桐雅夫
39 中江俊夫
40 高野喜久雄
41 吉増剛造
42 渋沢孝輔
43 高良留美子
44 三木卓
45 加藤郁乎
46 石垣りん
47 木原孝一
48 北川透
49 菅原克己
50 多田智満子
51 鷲巣繁男
52 寺山修司
53 木島始
54 清水昶
55 金井美恵子
56 吉原幸子
57 藤富保男
58 岩成達也
59 井上光晴
60 会田綱雄
61 北村太郎
62 窪田般彌
63 辻井喬
64 新川和江
65 吉行理恵
66 中井英夫
67 粕谷栄市
68 清水哲男
69 山本道子
70 宗左近
71 中村稔
72 粒来哲蔵
73 諏訪優
74 続飯島耕一
75 荒川洋治
76 佐々木幹郎
77 正津勉
78 辻征夫
79 安藤元雄
80 藤井貞和
81 大野新
82 犬塚堯
83 小長谷清実
84 江森國友
85 天野忠
86 嶋岡晨
87 阿部岩夫
88 関口篤
89 衣更着信
90 ねじめ正一
91 菅谷規矩雄
92 井坂洋子
93 片岡文雄
94 伊藤比呂美
95 新藤涼子
96 青木はるみ
97 中村真一郎
98 嵯峨信之
99 稲川方人
100 平出隆
101 松浦寿輝
102 朝吹亮二
103 続荒川洋治
104 続藤井貞和
105 続寺山修司
106 吉田文憲
107 瀬尾育生
108 続谷川俊太郎
109 続続谷川俊太郎
110 続田村隆一
111 続続田村隆一
112 続天沢退二郎
113 続続天沢退二郎
114 新井豊美
115 続吉増剛造
116 続続吉増剛造
117 続鮎川信夫
118 続北村太郎
119 続吉野弘
120 続石原吉郎
121 続鈴木志郎康
122 川田絢音
123 続続吉野弘
124 続北川透
125 続白石かずこ
126 続清岡卓行
127 続宗左近
128 牟礼慶子
129 続吉岡実
130 続辻井喬
131 続大岡信
132 続新川和江
133 続川崎洋
134 続清水昶
135 続高橋睦郎
136 続長谷川龍生
137 続中村稔
138 八木忠栄
139 続佐々木幹郎
140 城戸朱理
141 野村喜和夫
142 平林敏彦
143 続渋沢孝輔
144 続那珂太郎
145 財部鳥子
146 続長田弘
147 吉田加南子
148 続清水哲男
149 辻仁成
150 木坂涼
151 田中清光
152 阿部弘一
153 続続大岡信
154 続続鮎川信夫
155 続辻征夫
156 福間健二
157 守中高明
158 平田俊子
159 村上昭夫
160 広部英一
161 白石公子
162 鈴木漠
163 高橋順子
164 池井昌樹
165 続続清岡卓行